好きに生きる

真下 益
MASHIMO Susumu

文芸社

目次

まえがき

私は現在、ホテルのヘルスクラブへ日参し、ジムで筋トレ、プールで泳いでいる。さらに毎週気功と太極拳を行い、ボイストレーニング、ピアノの先生の伴奏で洋楽曲を歌っている。日曜日には、アメリカの青年から英語の個人レッスンを受けている。

友人が、スペインからオリーブの木、メキシコからサボテン、セネガルからバオバブの木を輸入しているが、クレームが発生した際に発信するメールの翻訳などの手助けをもしている。

こうして見ると、趣味三昧、楽しみな仕事で、悠々自適な生活を送っているように思われるかもしれないが、こうなるまでには、失敗、挫折の連続であった。

私は人生で二回、ゼロからのスタートを経験している。

一回目は二十七歳で日本を捨て、日本人であることも捨てて、アルゼンチンへ移住したとき。

大学を卒業して入社した会社では、毎日遅刻し、洗濯していないヨレヨレのワイシャツ、髭面《ひげづら》で出社した。同僚とも仕事中に殴り合いの喧嘩《けんか》をし、上司にも反抗した。

社会のルールが守られない、団体生活ができないという性格上の欠陥で、日本でサラリーマン生活を続けることはできないと悟った。

こうして、二年もたずに退社し、失業した。

サラリーマン時代、唯一力を入れたのは、会社が引けてからダンスホールへ日参、女性を上手くリードし踊ることだった。大学で学んだスペイン語の勉強も続け、流暢《りゅうちょう》に話せるようになった。

二十七歳まで生きて、私なりの二つの自信を得た。女性に上手《うま》くかしずく自信、そしてスペイン語を話せる自信である。

私はこの二つの能力（？）で、失望も絶望もせずに、アルゼンチンでも生き抜ける自信を持ち、挑戦した。

二回目は、三十五歳のときである。日本へ帰国せざるを得なくなり、家族を抱え、日本でのサラリーマン生活を再スタートさせた。


アルゼンチンでは現地の会社に就職した。日本語を生かし、社長の後継者と期待された。会社ではナンバー2のポジションで働いた。二年後には、日本の会社のアルゼンチンへの進出プロジェクト促進のために、日本へ出張した。

アルゼンチンへ帰国間近の頃、今の女房に出会い、恋におちて結婚。一年後には長女が生まれ、さらに二年後には妻は二人目を身ごもったので帰国して実家で出産した。

国は政情不安で先行きが見えなく、家族で生活するのは難しかった。

私はここで決心を迫られた。そして最終的にはアルゼンチンで持っていたすべてを捨て、ゼロになって日本に帰国したのである。

アルゼンチンと日本のサラリーマン生活は、あまりにも大きく違った。日本のサラリーマンはあらゆることに縛られている。こんなサラリーマン生活の地獄に身を投じるよりも、〝出世はNO。庭付き一戸建てはいらない。仕事は半分のエネルギーで、家庭生活、趣味の世界を楽しみ〟生きるのを選んだ。

そして、定年後の健康を第一に、得意分野を活かして働ける準備もした。


六十歳で定年を迎え、JICA国際協力機構シニアボランティアで中南米四か国でボランティア活動をした。

JICA海外シニアボランティアは、一か国二年契約で応募。国はこちらで選ぶのであるが、やはりスペイン語を活かしてメキシコ、アルゼンチン、グアテマラ、そしてニカラグアと、四か国合わせて八年間派遣された。

そこでは、自分で企画設計して、それぞれの国の特産物を日本向けに輸出する仕事に従事した。ここで私は初めて従来の力も発揮することができ、満足して働けることができたのであった。

こんな私の〝好きに生きる人生〟に、この本を手に取った方が、少しでも共感してくだされば、うれしいです。

§1　ダンスとスペイン語の青春

アルバイトとスペイン語の大学生活

■怖い寮生活から脱出⁉

学生時代の二年間は大学の寮、残りの二年間は下宿で過ごした。

大学の寮の生活は大変厳しく、不愉快なことも多かった。

一部屋に二人で生活するのであるが、私の同居者は夜中に大声で叫んだり、夜遅く帰ってきて起こされることもあった。

体育系の寮生が幅を利かして、新入生を虐《いじ》めた。これは愛情の一つだと主張していた。彼らには絶対服従で、出会うと必ず挨拶を強要された。これを忘れると、

「おまえは生意気だ」と殴られた。

一匹狼型の私はその餌食になり、しばしば殴られた。だが、心の中で彼らは馬鹿だと無視していたので、この虐めに耐えられた。自殺者も出なかったし、当時の学生は皆強かったなと思う。植木等の「スーダラ節」を歌い、やけっぱちであったが、笑ってやり過ごした。

真夜中の二時頃、突然彼らから「おーい、全員集合」と廊下に並ばされ、頬にビンタを

喰らった。それは大学生活の中で〝ストーム〟と呼ばれ、世間では許されていたようだ。空手でケガをさせて退寮になった寮生もいたが……。

私はここで二年間過ごしたが、どうしても我慢できなくなり、下宿を探す決心をした。寮生活には親の仕送りで充分であったが、下宿生活をするのには足りないと分かっていた。

大学近辺の家々を、「この辺で下宿させてくれる家はありませんか」と探し回った。

■下宿で大いにお世話になる

とある旅館が見つかり、そこのおばあさんが大学生を下宿させてもいいというので、私は事情を話し、「月にこれだけしか払えないが下宿させてください」と直談判した。

おばあさんは「うん、小学校六年生の孫がいるが、彼に勉強を教えてくれるならいいよ」とのこと。早速世話になることになった。

私は、一人息子の〝兄ちゃん〟となって、新しい生活が始まったのである。

長く下宿を続けたいので、気に入られるように努力した。息子には週一回勉強を見ながら、好かれるように公園でキャッチボールをした。しかし「僕のおやつが半分になった」と悔やまれたが……。

幸いにも、家族全員が私を「兄ちゃん」と呼んでくれた。息子も兄貴として私を慕ってくれた。多分、私がいることで、一人っ子の彼にもいい影響を与えるんじゃないか、と勝手に思ったりもした。家族で夏、海へ出かけるときも、私を必ず一緒に連れて行ってくれた。

夕食は家族一緒にした。久しぶりに家族団らんの中で幸せに恵まれた。おかずの中には私の嫌いなサバの煮つけと甘い味噌汁が出されることもあった。慣れるのに苦労し、初めは嫌々食べたが、だんだんと好き嫌いもなくなった。

おばあさんは大学に行く弁当までも持たせてくれ、さらに洗濯もしてくれた。まるで私の母代わりのようであった。ずっと感謝している。

この方は九十二歳まで存命で、アルゼンチンから帰国して訪ねた際も涙を流して喜んでくれた。

■アルバイトで学費を稼ぐ

いろいろなアルバイトをしたが、印象に残るのは、ある町の市議会議員の選挙応援演説であった。候補者が公民館で演説する際に、学生代表として壇上で前もって教えられた原稿を読んで演説をするのである。

演説会はいつも夜だ。昼間は旅館の一室で他の学生と食事をあてがわれて、ごろごろしていた。夜になると、車でその公民館へ連れて行ってくれる。

辛《つら》かったバイトは建設作業の仕事で、つるはしで硬い土を掘り、それを一輪車で運ぶのである。私はこれが一番楽だと思ってやったが、あの一輪車というのは動かすのに手首でバランスを取るのが難しく、力がいる。この状態で細い道を運ぶのは大変だ。二日目までは続いたが、三日目で足腰が立たずダウンしてしまった。どうも肉体労働は苦手のようである。

■私がスペイン語を取った理由

一方、大学でのスペイン語の勉強には全力を尽くして頑張った。他の言語と比べ、当時スペイン語はマイナーな言語であった。

だが、当時メキシコからトリオ・ロス・パンチョスが来て、ラテンの歌である「Besame Mucho」や「Historia de un amor」がヒットしていたし、石原裕次郎の映画『闘牛に賭ける男』でスペインが紹介され、これも人気を博して、スペイン語の人気が高まっていた。だが、全国でまだスペイン語を勉強している人は少ない。

私は「よし、これで目立とう。女の子にもてる、皆に威張れる」と、夢中になった。

スペイン語の発音は、日本語と同じで母音が五つで易しい。リスニングは英語に比べて易しいが、文法は難しい。動詞が人称によって変化するし、名詞、形容詞に男性形、女性形がある。

要は、すべて丸暗記である。

この町の高校にアルゼンチンからの留学生がいたが、私は、会話に強くなろうとうまく取り込んで、会話のレッスンをした。登校途中に彼を摑《つか》まえて寮に連れ込み、一緒にスペイン語の本を読んだ。終わったら、豪華なランチをご馳走《ちそう》した。喫茶店にも連れて行き、美味《おい》しいデザートもご馳走した。

結果、彼は全然学校に行けない羽目になった。

これが大きな問題となり、彼が通っている学校長から実家に警告がなされてしまったのだ。私の若気の至りであった。

私は、就職してもスペイン語を使って、スペインや中南米諸国の会社に製品を販売するスマートなセールスマンを夢見ていた。

こうして、温かい人々に恵まれ、アルバイト、スペイン語の勉強と楽しく四年間を過ごした。卒業後は、希望する会社の貿易業務に就き、希望に満ちて社会に出て行ったのであった。

日本ではサラリーマンとして生きていけない⁉

■上司の誘いには乗れない

大学を卒業後、就職した会社は印刷インキのメーカーで、私は電子部品、自動車・オートバイの輸出部門の業務に当たった。税関で輸出許可用の書類を作成するのがメインの仕事であった。

将来、海外へ飛躍したいという夢に合っているので、私としても楽しく働くことができた。

通関書類の提出日が決まっているので、徹夜で書類を調えることもあったが、毎日新しい業務を覚えているという満足感があった。

しかし、問題は他の社員との付き合い、特に部長との関係であった。私の性格上の欠陥は、グループの中でいつも緊張し、リラックスできないことであった。

部長はプライベートを利用して部下をまとめていくタイプで、部下には飲み会、麻雀《マージャン》への参加を強要した。

一日の仕事が終わると、部長が「おーい、みんな、これから麻雀をやるよ」と集合をかけ、部下を二つのグループに分けて、それぞれ雀荘に駆け込む。大抵は夜中まで続くのである。

私は麻雀は好きではなく、大学時代も全然やっていなかった。

だから、断る理由としては「やり方を知らない」と言う。

部長は「大丈夫だ、俺が教えてやる。やりながら覚えるよ」と強く勧めたが、私は参加しなかった。

■日本人の酒の飲み方は間違っている

さらに、部長を先頭に飲み会に行くのは、もっと嫌いであった。

夏にお中元でビールが届く。それを酒屋に持って行き、冷えたのと取り換える。そして事務所へ持ち帰ると、仕事が終わったばかりの机にコップを並べ、乾杯、乾杯の連続である。

上司は飲めない私に、〝ボトムアップ〟と、一気に飲んで空っぽになったコップの底を見せるのである。私は全部飲まず、半分飲んで捨ててしまうこともあった。

春・秋の社内旅行では、ウイスキー瓶を提げていく。到着した夜は、コップに半分注ぎ乾杯、乾杯の連続。お決まりのボトムアップである。

私が酒を飲むのが嫌な原因は？　一つは強要されること。もう一つは、酔っ払って醜態

社員との飲み会。部長がビールを飲んでいるその前で、社員も飲んでいる。私はコップを逆さにして流している。

を見せるのが許されることであった。

私の独断と偏見では、日本人の酒の飲み方は酔って醜態を見せることで、「自分が相手より劣っていると相手を満足させ、警戒心を除く」ためにある。

中国では食事の接待の後に酔っ払って倒れるのが、主催者に対して最高の感謝の印であるとも言われているが、日本もそれに近い習慣である。

今はそういう習慣がなくなり、若い社員は参加しなくてもよいので、「本当に良かったな」と思う。私も、今のような状態であれば飲むのを楽しめたのではないかと思っている。

■協調性のなさで躓《つまず》く

私のある同僚は、学生時代柔道をやって

いた体育会系の社員で、グループの活動によくなじみ、先輩に対する態度も良くて皆に可愛がられていた。これに対して、私は「仕事で勝負だ」と、ライバル意識を剝《む》き出しにして頑張ったので、二人の関係はあまり良くなかった。

あるとき、彼が一人で大きな荷物を海外へ発送するために郵便局へ行き、約束の時間に遅れたので文句を言った。すると突然、

「なぜ、私を一人で行かして、助けられないんだ」とすごい剣幕で私に殴りかかり、慌てて上役が止めに入ったこともあった。今になってみると、同僚の失敗を心の底では喜んでいる了見の狭い自分が恥ずかしく思える。

入社一年後、彼は業務活動から待望の営業に回されて、海外との取引を始めた。

私は、船積み業務担当に残された。これは私にとっては大きな不満であった。部長は不公平な判断をしたと、その当時は思った。

私は仕事にあまり力が入らず、よく遅刻し、改札口にある遅延証明をタイムカードに付け、人事課に提出した。時々髭も剃《そ》らず出社して、課長に怒られもした。

今になってみると、私のわがままと協調性に欠ける性格が原因で、このような立場に追い込まれたと思っている。

さらに、心の中には「日本に住まなくていいや」という思いがあったからであろう。私はいつもその他大勢の中の一人であるのは嫌だった。何かしら一流になり目立ちたかった。

しかし日本でサラリーマン生活を送っていたのではその願いは叶わない。海外で一旗揚げたいという気持ちを持ち続けていたのである

しかし、毎日の生活では、何となく力を持て余し、イライラが募っていった。

これを癒やすのによく映画を観た。高倉健の『網走番外地』や鶴田浩二の『人生劇場飛車角』を観て、自分の境遇を慰めたりもした。

また、退社するとダンスホールに日参して、ダンスを踊って憂さ晴らしをするようにもなっていた。

ダンスで人生バラ色？

■好きこそ物の上手⁉

大学時代には高いレッスン料を払い、ブルース、タンゴ、ワルツ、またラテンダンスのマンボ、ルンバ、ジルバ、チャチャチャのベーシックな踊りを習った。

就職してからは毎日が面白くないので、会社が引けると髭を剃り、歯を磨いて、一目散に繁華街にあるダンスホールに向かった。月曜日から金曜日まで毎日、土曜日、日曜日は午後の部と夜の部にも日参した。

ホールの脇には女性が何人か集まっていて、誘われるのを待っていた。

最初の頃、私はおどおどしながら「踊っていただけませんか」と誘うが、「結構です」とか「連れがいます」「疲れているので」と、断られ続けた。

三か月近くこの状態が続いたが、さすがに私も覚悟を決めた。

「プライドを捨てよう」「恥をかいてもいいじゃないか」と、目が合った女性にはすべて反射的に「踊ってください」と声をかける。一日最低二人以上と踊れないと、帰宅しないように決めた。

ダンスホールの周りで誘われるのを待っている女性を、揉み手をしながら探している姿。

一周して駄目な場合は二周目に同じ女性に声をかけると、「まあ！　かわいそう」と、しぶしぶホールに出て踊ってくれた。しかし、いざホールに出て手を組むと足が上手く動かず、手には汗がにじむ。

一曲踊ると、女性は「ありがとう」とホールから外へ出て行ってしまう。

これを繰り返しているうちに、さすがに私は下手でも屈辱感を感じなくなった。

ダンスは手を握った瞬間、どちらが上手いか分かる。上手い女性には、私は「すみません、初心者で上手く踊れないので教えてください」と、頼んで踊るようにした。

これを繰り返すうちに、簡単なブルース、マンボ、ジルバは踊れるようになってきた。

ダンスが引けた後には、上手に踊っているカップルをまじまじと見て、踊るときに真似をした。こうしてリードもできるようになってきた。さらに踊っていても相手の感情の動きが分かるようになってきた。リードする自信がついたからである。

そこで私は踊り終わった後に、女性がうっとりと楽しそうにしている顔を見るためには、どのようにリードすればいいかを考えた。

女性の背中に回した手の位置、腰で女性を浮かすようにリードすること。

「音楽をよく聴こうね」と囁《ささや》いた。

得意なのはリバースターン。このターンで女性と密着する。

私は半年間、こうして毎晩ホールに日参し踊って楽しんだ。おかげでたくさんの女性の友達を持つことができた。

ダンスを上手く踊る、リードするということは、すなわち女性の前でプライドを捨てることができるということである。これは私にとって、生きる上で大変役に立った。

まずピアノのセールスでは、教室の先生のおかげで、生徒さんにピアノを販売できたことである。勤務先の会社では、女性アシスタントに充分働いてもらったこともある。

また、中南米に長く住んでいたが、マンションのオーナーともめたとき奥さんに助けてもらったこともたびたびあった。ダンスが功を奏したのだ。

日本で学んだリードの技術は、ラテンの女性にも通用したのである。

■ダンスレッスン始まる

私は麻雀も飲み会も嫌いだったから、学生時代には皆があまりやっていなかったダンスを覚えようとレッスン場に通った。

十一枚綴《つづ》り五〇〇〇円のチケットを購入し、1《ワン》レッスン大体十五分の個人レッスンを受けた。

教室には上手な人もいて、ホール中央で踊っていた。初心者の私は、教室の端っこの床に描かれた足型を、先生に導かれ一歩ずつ辿《たど》っていった。

レッスンが始まると、十五分なんてすぐに経ってしまう。すると二枚を取られる。とはいえ、先生に手を引っ張ってもらい足跡を辿っていくというのは、そんなに難しくない。まずは、一番簡単なブルースから始める。

この教室では、ダンスの種目が次のように分かれていた。

スタンダードダンスは、ブルース、ワルツ、タンゴ。

ラテンダンスは、マンボ、ジルバ、チャチャチャ、ルンバ。

ブルースはステップが多くないので、頭の中でそれらの順番を覚えればいい。だが、頭の中にあるのを、足と体に表現するのが難しい。音楽を聴きながらステップを踏む。これもまた難しい。

それでもブルースは、先生に手を引っ張ってもらって前に進みながら、繰り返し繰り返しステップを踏むと、自分がある程度先生をリードできるようになる。

■女性と組んでドキドキ

先生が初心者の女性を呼び寄せ、「一緒に踊ってみなさい」と言う。

私は、女性の手を取り抱き合うのは初めてである。体が硬くなって、前にリードしたいが動けない。手に汗をかいていた。

先生は見かねて「もういいです」と言い、女性の方も離れていった。私は真っ赤になり、すっかり自信を失《な》くしてしまった。女性をリードするなんて全く不可能だと思った。

これに対してラテンダンスは、相手と手を繫《つな》がずに踊れるので気楽である。中でもマンボは簡単。これは正方形の足型に、女性と左横、右横、前後に音楽に合わせてステップを踏む。

マンボの次はジルバ。この踊りはクイック・クイック・スローとステップを踏み、いかに女性を軽やかに回転させるかにある。慣れると、腕一本で三回も回転させられる。問題は、そのあとしっかり女性を支えることである。

スタンダードダンスの二番目はワルツ。これはステップの幅が大きく、腰を上げたり下げたりする。組んだ女性の顔は真正面にはない。しかも、女性の体は後ろにそり気味で踊る。ステップはアップダウンがものすごく激しく、かつ複雑で難しい。このダンスは相手が踊れないと、カップルでは踊れないダンスだと分かった。

タンゴは体の動きが硬く、流れるような動きがなく好きではなかった。

レッスンはすべて先生との個人レッスンだ。でも、なかなか上達しなかった。

まず、ステップを覚える。次に音楽をよく聴いてステップを踏む。

一番大事なのは女性をリードすること。女性の背中に軽く手を当て、バック、左右とリードしなくてはいけない。何回も恥をかきながら覚えていくしかない。

自信がないと踊れない。ダンスはよく「心臓で踊る」というが、その意味がよく分かった。

そのうち、お金が続かないので家で練習するようになる。

当時はユーチューブ（「YouTube」）もなく、ダンスの本を買って家で足型を見て練習する以外に方法がない。お金がいくらでも出て行く。私は家庭教師を二件持ち、やっと生活している貧乏学生だ。

四年生になり就職活動も始まると、私はレッスン教室に通うのをやめてしまった。

最終的にはブルース、マンボ、ジルバのベーシックなステップを最後まで先生となら踊れるようになっていた。しかし、まだダンスホールでは踊ったことはなかった。

この当時、ダンスは結構流行《はや》っていて、ダンスホールは私が行く南地区に二軒、北にはそれぞれ一軒あった。南のホールに行く人はガラが悪いと言われ、そこに働くボーイさんも怖い顔をした人が多かった。

ホールの周辺ではダンスに興味のある男女がいて、うろうろと相手と踊るチャンスを求めているのである。入場料はほぼラーメン一杯分ぐらいだった。私にとってはいい時間つぶしであった。

■退社後はダンスホールへ直行

前述したように、私は仕事が終わると歯を磨き、派手な真っ赤なシャツとジーパンで、ダンスホールに向かう。

それは月曜日から金曜日まで毎日なのはもちろん、土・日は午後の部と夜の部のダブルヘッダー。つまり毎週九回は通っていた。

これを約一年半続けた。少なく見積もっても、一〇〇〇人以上の女性と踊ったことになる。

私は、最低二人と踊らないと帰宅しないと決めていた。万が一、一軒の店でどうしても踊れる人が見つからなかったら次の店に行く。

私はすべてを忘れてダンスホールで踊ることに集中した。一日仕事に集中して他にやることがなくなると、こういう状態になるんだなあと、今も思っている。

さて、ホールではカップルが、楽しそうに踊っている。そして踊った後、楽しく笑っている。私はホール内をうろうろするばかり。この人と踊りたいと思うがおどおどして、なかなか声をかけられない。

やっと決心して、おとなしそうな女性に駄目元で「一緒に踊りませんか」と、かすれた声をかけるが「結構です」と一言で終わる。

それで、すっかり自信を失くして、その日は全然踊れなかった。こんなことを繰り返し、どうしても踊る相手を見つけられなかった。

■ダンスの上手い友人

ところが、あるきっかけでスマートな男性と友達になった。

彼はダンスはそれほど上手くないが、多少強引とも思えるやり方で女性を誘うのが、天才的と言えるほど上手かった。

私たちは踊った後、二人で飲みながら、その成果を話し合った。彼は「いや、今日は楽しかった。たくさん踊れた」と満足げ。一方の私は、一人も踊れていない。本当に悔しかった。

どうしたら踊れるか？　いや、それよりもどうしたら女性に声をかけられるか？　悩んだ。そして私は思った。これは度胸が足らないのだ、度胸をつけなくてはいけないんだと。

■青空ホステスに引っかかる

そこで、友達を無理に誘って、繁華街のS筋に行き、出会う女性に必ず「お茶を飲みませんか」と誘う行動に出たのだった。それは子供時代に、夜中に数人で墓地にある野球のボールを取ってくるという、いわゆる「度胸試し」のようなもの。

根性をつけるために必要だと思ってこの行動に出た。しかし、声かけをするが女性に相手にされなかった。

そのうち、やっと二人の女性が承諾した。何か飲み物がいい、ということでその辺を歩いていると、二人が「私の知っている飲み屋があるから、そこに行かない？」と言って案内された。そこはなんだかあまり性質《たち》の良くない感じの店だった。

カウンターに入り、コーラ四人分を注文した。すると、その女性が「少しウイスキーを入れて」と言ったので、まあウイスキーぐらいであればいいだろうとOKした。

しばし時を過ごして勘定となったが、金額を聞いてびっくりした。その女性のコーラ一杯の値段が二万円もするのである。

私は思わず、「なぜコーラ一杯二万円もするんだ！」と声を荒らげた。するといきなり店の男に襟元を掴《つか》まれ、

「君、何言ってんだよ。このウイスキーは輸入もので高いんだ。文句があるなら、こっちへ来い」と胸ぐらを掴まれた。私たちは恐ろしくなって言い値を支払い、そこを飛び出し

た。友達にも迷惑をかけたが、結局四万円の勘定は私がすべて払った。

翌日、付近の交番に行ってすべてを話したが、領収書をもらっていないのでどうしようもなかった。

「このノートにある女性の写真をよく見なさい」と警察官が言うので調べてみると、なんと彼女たちが載っていて仰天した。

これは当時「青空ホステス」と言われ、間抜けた人が引っかかっていたぼったくり商法であった。とほほ……なお話。

■目が合えば間髪を入れずに

ともあれ、女性をホールに連れ出す行動に心血を注いだ。そして、ついに決心した。とにかく、目に入った女性には間髪を入れず行動するのみ。

「踊っていただけませんか」と声をかけるのである。考えては駄目。躊躇《ちゅうちょ》するのも駄目。とにかく間髪を入れずに声かけするのがミソだ。

それには、恥ずかしさとプライドを捨てなければならない。一人断られたら、すぐに次の女性に声かけする。ＯＫが取れるまで。

ホールでは三つの楽団がそれぞれ違った曲を演奏していた。ブルース、加山雄三の「君といつまでも」、黛《まゆずみ》ジュンの「天使の誘惑」、千昌夫の「星影のワルツ」など。また、洋楽ではビージーズの「マサチューセッツ」、ビートルズの「Hey Jude」、ポール・モーリアの「恋はみずいろ」がよく演奏されていた。

声かけを繰り返して、ようやく相手を見つけても、緊張して相手の靴を踏んでしまったり、一曲だけで逃げられたりと、なかなか思うようにいかなかった。

だが、繰り返すうちに度胸がついてきた。ブルースは、ベーシックなステップを踏みながら女性をリードできることを覚えていったのであった。

踊ってない合間は、いつも踊っているカップルのステップを見て覚える。とにかく、真似るのが一番上達の方法だと思っている。

女性を誘って「一緒に新しいステップを練習しましょう」と、一緒に踊るチャンスもあった。

ラテンダンスのマンボ、これはリズムに乗って離れてクイック、クイック、スローと踊るのである。音楽に合わせステップが身についてきた。

ジルバでは、うまく踊るポイントは女性をぐるぐると回して、その後ふらふらしないようにきっちり支えるというのがポイントだ。女性を回すことはそんなに難しくない。これも慣れである。女性は「目が回ったけど、楽しかった」と。

■ダンスは心臓で踊る

速いリズムの音楽、特にベンチャーズがエレキで演奏した「ダイアモンド・ヘッド」、「パイプライン」、「10番街の殺人」の曲ではゴーゴー・ダンスをよく踊った。

当時ゴーゴー・ダンスが流行していた。これはモンキーダンスとも言われ、腕を曲げて腰と共に上下する、誰でも踊れるダンスである。

恥ずかしがりの女性と踊るのに良いのはツイスト。また、渡辺マリの「東京ドドンパ娘」のリズムに合わせドドンパも踊った。

とにかく踊っている女性がいかに楽しく、のびのびと踊れるようにリードするかだ。女性は踊りながら、周囲から見られ恥ずかしいと思っているはずで、そのためにリードが大事なのだ。

女性をすいすいと運ぶ。踊っているとき心掛けたのは、他のカップルに触れさせない、女性の足を踏まない、周りの見ている人に不快な感じを与えないように気配りし、自分は常に目立たないように控えめに踊る。すなわち、リードに集中することだ。

女性は音楽とその動きに酔ってしまうことが多々ある。体を通して、それが分かる。

突然楽団が代わっても、女性が離れないように組んだまま次の音楽を待つ。

リードに自信がついてくると、相手の年齢や、やせ形、太り気味の方であろうと、どんな体形でどんな性格であろうと、楽しく踊れる。上手下手を通り越し、相手に嫌われないようにする。これをまず第一に心掛けたのである。

■女友達から電話がジャンジャンかかって

ダンスが終わり、外に出た際は必ず会社の名刺を渡す。

私は会社で出世するという考えは全くなかったので、名刺を渡すということに対して躊躇はしなかった。そうすることによって、相手に、私がサラリーマンであるという安心感を持たせられると考えた。

だが、金曜日の午後や土曜日の午前中には、よく女性から電話がかかってきて、タイピストの女性からしばしばクレームが出た。

「真下さん、席にいてよ」と。

会社では、他の同僚・先輩は私の行動にすっかり反発した。飲み会には出ない、麻雀もしない。その代わり、いつも女性と付き合っている。鼻もちならぬ奴と思われ、だんだん離れていった。これが、私が退職した大きな原因ともなったのだ。

しかし、毎日こうして楽しくサラリーマン時代を過ごせたのは、ダンスがあったからである。その後、アルゼンチンで生活を始めたときも、ダンスが踊れて役に立った。孤立感を逃れ、たくさん友達を作ることができた。

ダンスはコミュニケーションの一つで、言葉を交わさなくても、相手の体の動きで気持ちを感じる。一緒に踊ることで、社交性も出てくる。踊っているうちに自己肯定感ができて気分が前向きになるのだ。

■ダンスで営業力アップ

後々のことになるが、ダンスは、その他の国でＪＩＣＡの海外シニア・ボランティアで働いたときにも役に立った。

赴任国の配属先にはカウンターパートがいて、決められた任務を遂行するための援助をしてくれる。アルゼンチンへ派遣された際は、女性のカウンターパートであった。彼女とはよく踊り、任務を果たせた。

私に与えられた任務はワインの輸出促進。樽《たる》ワインは商社が輸出していたが、瓶ワインはフランス・イタリアに比べ名前が知られていないため、消費者に知らせる必要があった。私は、毎年千葉県の幕張で開かれる国際食品・飲料展「FOODEX」参加を提案した。参加するワインメーカーを説得するために社長夫妻を夕食に招いた。夕食の後はお決まりのダンスである。私は了解を得て社長ご夫妻と踊った。この結果、好感を持ってくれ、参加を決めてくれたのだ。しかも、アルゼンチンのオリーブオイルのメーカーも一緒に。

私も展示会に参加し、お客様にワインの試飲を勧めたのである。

■まだ頭に黒い髪が残っていた頃は

まだ頭に黒い髪が残っている頃は、よくダンスパーティーに出かけた。どこのパーティーでも男性が少なく、女性がテーブルの椅子に座って待っている光景があった。私も会場に入ると、すぐに女性の方から「踊りませんか？」と声をかけられた。

レッスン場でも男性が足りなくて、女の先生はいつも男性の足のステップで女性をリードしていた。

参加グループの人が一緒に踊るタイムには、私は休む暇もなく女性の相手をしなくてはならない時代になっていた。不思議なもので、若い頃には相手を探すのに苦労をしたのだが、時代が変わると逆の立場になっていたのである。

果たして、今はどうであろうか。頭に毛がなくなった今、ほとんど踊っていないのが現状だ。

泣き笑いのピアノセールス

■たった一日の訓練で戦場へ⁉

卒業後に入った会社を退職して、新聞広告で見つけて入った会社は大手楽器メーカーで、職種は楽器の国内販売であった。私はもう二十六歳になっていて、給料は固定給プラス歩合給であった。

最初の訓練期間では先輩のセールスマンが、我々新入社員を連れて販売の見本を見せてくれた。数階建てのマンションに入る。まずエレベーターで最上階に昇り、そして降りながら一軒ずつ住人のベルを押し鳴らすのである。一階から始めると途中で嫌になってやめてしまうのを避けるためである。

まずベルを押すと、部屋から返事があるので、こう言う。

「ちょっとお伺いします。この辺でピアノがどのぐらい普及しているか調査に回っております。ご協力願います」

そして、ちらっと顔が見えたら、そっとハンカチを見せ、

「すみません、これはお宅のでしょうか？」と、声をかける。

するとの奥さんがドアを開けるので、さっと足を入れる。

「奥さんと会話ができるのが販売の一歩」であると教えてくれる。その三日後には、一人で回るのである。

オルガンの所有者を調べ、見込み客を〝A〟と名付ける。その他売り込み反応状況により〝B〟、〝C〟とする。最初にオルガン所有者の客から、ピアノに買い換えを勧める活動である。

「オルガンを長く使われると、お子さんの指が鍵盤を押さえる癖がつきます。ピアノはタッチですから、早くピアノに変えた方がいいです」と勧めながら。

あの手この手で売り込むも……

ピアノの販売方式の一つに、町の中心のショッピングセンターにピアノを置き、音楽教室の先生がピアノを弾き、お客を集めるというのがある。

セールスマンは何か一曲弾けるように教育されていた。私は、一番簡単な「猫ふんじゃった」をお客さんの前で弾いたりした。

お母様たちが集まってきて、先生のそばで曲を聴く。

すると横からセールスマンが、

「お子さんたちはピアノ習っておられるのです？　ピアノを買ってあげになれば？」と

夜、街灯がともる住宅街を、黒い鞄を持ってトボトボと歩いている姿。

売り込みを始める。

その中でピアノを買ってくれそうな客を見つけると、帰るときにそっと後をつけて、家まで行き住所を突き止める。そして後日訪問する。

だが基本的な販売方式は〝飛び込み販売〟で、一軒一軒訪問して行くのである。

私は黒い鞄《かばん》に、ピアノのカタログと支払い方式の書類を詰め込み、スタートする。支払いは二年間のボーナス払い付きがメインだ。

私はすぐ売れると思い、希望に満ち溢《あふ》れて飛び込み訪問を始めた。

しかし何軒の呼び鈴を押しても、

「忙しいのに。楽器屋さん、うち子供いないよ」

「ピアノ買う金なんかあるかい」

と、けんもほろろ。

大きな家で感触が良さそうな家の前でベルを押そうとするが、なかなか決心がつかず、行ったり来たりもした。郵便配達人がベルを押すと奥さんが中から出てきて、親しそうに話しているのを見て羨ましくも思った。

こうして、二、三日訪問するものの、感触の良い客は一軒もない。

ピアノのピの話もできずじまいですっかりやる気がなくなり、ボタンを押す勇気もなくなってきた。公園のベンチに座ってぼんやりしていると、すらっとしたセールスマンがアタッシュケースの鞄《かばん》を持って、さっさと歩くのが目に入る。

「ああ、どうなってるんだ。この先はどうなるのかな？」と思い、絶望感が漂い始めた。救われるのは、将来は日本に住まないと考えていたので、少しは余裕があった。

■売れるまで帰るな！

そして三か月経ったが、ピアノは一台も売れない。五時半に支店は閉まるので五時に帰ると、いきなり支店長に、

「なんだ、まだ一台も売れていないじゃないか。よし、今日は一台売れるまで帰ってくるな。私はここで待ってる」と命令された。

仕方がない。私は会社を出て、帰宅中のサラリーマンとすれ違いながら、とぼとぼと夜の道を歩いた。

すると、閑静な住宅街の門構えの立派な一軒家に出くわした。

そこのベルを押した。もうすでに夜を迎え、周囲はほとんど真っ暗だった。

中から奥様が「なんですか、今頃」と、不機嫌そうに顔を出した。

「K楽器のセールスマンですが、ピアノを買ってください」

と涙声で訴えると、奥様が、

「一体どうしてこんな夜にピアノなんか。いま夕食中ですよ」

「ピアノが売れないと事務所に帰れない。支店長は私が帰るのを待っているんです」

と訳を話した。そうすると奥さんが、

「まあ、かわいそうに、そんなことなの。いいわ、ちょうどピアノを子供に買ってやろうと思っていたの」

初めての経験である。奥様に契約書を出して、ハンコをついてもらうのをいつにするかドキドキしていたが、ついに決心する。私は震えながら、

「奥様、ここにすみません、ハンコください」とお願いした。

奥様が「しばらくお待ちください」と言って、ハンコを持ってきて押してくれた。

契約書にハンコをもらうや、私はお礼を言って、飛び出すようにその家を出た。

他の社員を見ていると、立て板に水のごとくベラベラしゃべるセールスマンよりも、少し朴訥《ぼくとつ》にゆっくりとしゃべり、かつ態度も落ち着いているセールスマンの方が実績をあげ

ていた。

■ピアノの先生を味方につける！

再びセールス活動が始まった。いつものようにトボトボと歩いていると、一軒の家の『ピアノ教えます。生徒募集』という看板が目に入った。そうだ、そこでは生徒がピアノを習っている。これは見込みA客であると気づいた。

早速、そのピアノの先生の玄関のベルを鳴らし、

「ピアノのセールスマンですけれども、何かお役に立つことがありませんでしょうか。楽譜もお持ちしますよ、調律師も紹介します」

と声をかけると、玄関を開けてくれた。

私は教えられたとおり、乱れた靴を並べたり、先生のピアノをきれいに拭いて差し上げたりもした。

先生には楽譜も無料で配ったり、バースデーカードも送ったりして、いろいろと会話を交わすうちに、心を開いてくれるようになった。私は性質《たち》の悪いセールスマンではなくて、大学を卒業した真面目なセールスマンであるということも、警戒心を解いてくれた原因であった。

そのうちに、ついに先生の方から、

「生徒の誰々さんは大変ピアノが上手なんですけども、まだピアノお持ちじゃないから聞いてみたら？」と教えてくれた。

「K先生からお聞きしたのですが、お宅のお子様はピアノが大変お上手になられたので、そろそろピアノをとおっしゃっておられました」

そうすると、いつもは門前払いになるところ、お茶と座布団を出してくれ、話を聞いてくれて、その場で買ってくれることになった。

私がいつも気を使うのは、契約書にハンコをもらう瞬間である。話しながら、そのタイミングを計る。早すぎると先方は「まだ……」とためらい、遅くなっても、買う気をそらして駄目になるときもある。これは女性を誘うときのタイミングと一緒。

だから私は経験上、そのタイミングを逸さなかった。

ハンコをもらうと一散に社に帰る。そのときのうれしさは何とも言えない。天にも昇る気持ちで足取りも軽く、買ってくれた人が他人とは思えなくなるのだ。この満足感はひとしおで、本当に仕事をやっていて良かったなと思う瞬間である。

この経験から、私は各地区にピアノの先生を見つけては、同じテクニックで生徒さんを紹介してもらい、ピアノの販売の成果を上げていった。

販売できた場合、会社には「先生に商品券をあげてほしい」と掛け合った。会社は承諾して、販売促進費から商品券五〇〇〇円をくれた。ピアノ一台が平均三十万円であったから、かなりの金額だ。

それをそっと先生に差し上げると、先生方はいつも「まあ、そんなつもりじゃないのよ」「そんなの困ります」と言われるが、私はその商品券を置いて帰る。

こうして、各地域に先生を探して、同じテクニックで生徒さんの紹介をしてもらい、訪問を繰り返した。

■セールスマンは天職か

ピアノも売れるようになってきた。ひと月に最低三台売り上げれば、ノルマを達成ということで、私は、ひと月に三台以上売って先の月に伸ばしていった。

こうして私は毎日飛び込みをすることもなくなり、毎月の給料も多くなった。会社に遅刻しても文句は出なかった。

とにかく、朝タイムカードを押せばあとは自由。外で何をしてもいいのだ。これがセールスマンの仕事のいいところである。

朝寝坊して十時ぐらいまで寝ていても、電話一本で、

「今日はお客さんのところへ直行しますから」と言えば、問題ないのだ。とにかく毎月実績を上げればいい。セールスマンという仕事は、私の天職だと思った。こうして毎日優雅で楽な生活を送りながらも、こんなことをやっていて将来はどうなるんだろうかと考えるようになっていった。

人生において、このセールスマンでの苦労は大変役に立った。アルゼンチンの会社で働いているときも、売り込む技術は奥さんにピアノを売るのと同様だ。まず、友好的な関係を築き上げる努力をし、何度断られても訪問を諦めない。話すときは相手に嫌がられないように話す。好感を持たれるように交渉して成約する技術は一緒なのである。

社会に出てお金を稼ぐというのは、そんなに容易《たやす》いことではないということが分かった点でも、若いときにセールスで苦労するというのは価値がある、と私は思った。

確かにセールスマンとしては成功したと思った。

しかし私は、中学校時代から洋画を見まくり、洋楽を聴いて過ごして、西洋人に憧れ、彼らと一緒に住みたいと思っていた。作家ロマン・ロランの『ジャン・クリストフ』を読んで、金髪の青い目をした女性をペラペラの外国語で口説く妄想を持っていた。日本に住みながら心は上の空だった。だから大学でスペイン語を勉強するのは夢を叶えるための手段であり、力が入ったのである。

チャンスがあれば日本のすべてを捨て、極端に言えば日本人であるということも捨ててでも海外人生を送りたいといつも考えてチャンスを待っていた。

§2　アルゼンチンでの暮らし

いざ、アルゼンチンへ

■移住センターで二週間訓練する

仕事がうまくいっていたので、元の会社の社員との飲み会に行った。一人の後輩が、学生時代に海外学生移住事業団、アルゼンチンの日系新聞社で一年働いていたという。私はそれを聞いた瞬間、また海外で働きたいという思いに駆られた。

実は、彼は、その新聞社の社長から、アルゼンチンで働きたい人がいたら知らせてほしいと頼まれていたのだ。そして、私はすぐ後輩にぜひ推薦してくれ、とお願いしたのだ。

一か月後、そのアルゼンチンの新聞社の社長から手紙をもらった。手紙には、「アルゼンチンに来ても苦労しますよ。セールスマンをしている方がずっといいですよ」と書かれていた。しかし、すぐさま私はアルゼンチンに行って働きたい、と返信した。

ある日、「来ていただいても結構です。当方が保証人になります」という返事が届き、その手紙を持って走るように海外事業移住事業団へ。移住手続きを始めたのだ。

アルゼンチンへの航路には二通りあった。

一つは東回り、神戸から北米を経てパナマ運河を渡り、ベネズエラ、アマゾン河口に近いベレン、リオデジャネイロ、サントスを経由してブエノスアイレスへ行く。

もう一方は西回りで、神戸から香港、シンガポールを経由。スリランカのコロンボに寄り、アフリカ大陸の喜望峰を回ってリオデジャネイロ、サントス、そしてブエノスアイレス到着である。

私は、東回りの「あるぜんちな丸」に乗船したのだった。

「あるぜんちな丸」は一九五八年に移民輸送のために建造され、一九六五年には一般客も乗船するように改造されている。総トン数は一万八六三トンで、純然たる客船ではなく、貨物を運ぶ貨客船であった。

船内には理髪店や美容室、売店がある。大きなメインラウンジでは、しばしばゲーム大会や映画も上映された。多くのテーブルと椅子が置かれ、コーヒーやケーキを注文して談話もできた。早朝にはモーニングコールのサービスがあり、夜はビールやカクテルも提供してくれる。船尾には診察室もあった。

我々移住者は、神戸市の移住センターで乗船を待つ間の二週間宿泊し、洋食の食べ方や南米各国の簡単な生活様式を習った。また、それぞれの移住者は自己紹介をして情報交換を行った。この移住センターは昔は病院で、元病室には二段ベッドがあり、そこで寝泊まりした。

センターにある大きな廊下に、移住者らは持って行く荷物をまとめて積み上げた。そこへ船会社の人が大きな尺を持って来て、荷物の縦・横・高さを測った。木箱をこしらえ、その荷物をまとめて入れて積んでくれた。

準備も完了して大阪万博（ＥＸＰＯ70）の始まる二年前の一九六八年六月二十八日に、私たちは「あるぜんちな丸」に乗船した。巷《ちまた》にはジャッキー吉川とブルー・コメッツの「ブルー・シャトウ」、ザ・タイガースの「花の首飾り」の曲が流れていた。この頃の日本は景気が良くＧＮＰは世界二位になっていたが、一方では学生運動も始まり、東大紛争が起こっていた。

■いよいよ乗船、希望への船出だ！

私は乗客と一緒に午後一時半から乗船手続きをするように指示された。手続きを終えて船室の鍵を受け取りに行った。部屋は船底に近い部屋だった。

入り口のドアを開けてびっくりした。すでに三名の女性がいるではないか。ひょっとして女性と同室になるのかなと思ったが、一人の年配の方が慌てて船のパーサーを呼びに行った。パーサーは、

「真下様、お名前が〝益〟なので女性と思って一緒にしたのです。この部屋は違います」

神戸港。土砂降りの中、甲板からテープを投げてお互いに別れの挨拶。見送りに来た家族に手を振っている。

と言って、新たな部屋を手配してくれた。

新たな部屋は六人部屋、つまり二段ベッドが三つある部屋であった。

私は部屋を確認した後、桟橋に降りて、見送りに来てくれていた両親や友達と別れを惜しんでいたが、出港時間が近づくと乗客に乗船を促すアナウンスが響いた。

タラップを上がり始めると、桟橋のあちこちから激励の声が湧き上がった。

「頑張れよ」「体に気をつけてね」「早く帰ってこい」

私はその声を背に、両親や友達にテープを投げた。くるくるしながら陸上に舞い降りたが、届いたようだった。突堤の時計が出航時間を示すと「蛍の光」が流れ始め、私たちは曲と一緒に「さよなら〜」と声を張り上げた。

「あるぜんちな丸」はゆっくりと桟橋を離れ、汽笛を鳴らしながら出港した。日本は初夏であったが、大変蒸し暑かったのを覚えている。

しかし私は、正直に言って家族や友人と離れるのはそんなに悲しくもなく、涙も出なかった。それどころか、「やっと自由になれた」と、希望に満ち溢れていたのである。

その晩は、船の一番底の六人部屋で一人で寝た。

そして翌日、船は横浜港に着いた。ここで二日停泊するのである。私たち乗船者は乗船者カードを見せれば自由に下船できた。横浜の街を散策することもできたが、私は船の中の生活に慣れるために船内をあちこち回って設備を覚えたりした。

■さらば日本よ

いよいよ横浜港を離れる日、朝から土砂降りとなっていた。私が神戸港を出港するとき見た、悲しい光景をまた見ることになった。

土砂降りの中、甲板からテープを投げてお互いに別れの挨拶する人々。私の横からも多数の移住者が、見送りに来た家族に別れの手を振っていた。

中には小さい子を連れた家族もいた。若いお嬢さんも、きっとご両親に別れの声をかけておられるのだろう。それを見て、私は初めて涙が出た。よく決心して、まだ見ぬ遠いブラジルやアルゼンチンへ移住するんだな、と〝移住〟という言葉をかみ締めた。

私の部屋には五人の若者が乗船してきた。皆ブラジルへ移住するということであった。そのうちの一人はギターを持っていて、ブラジルで弾くのだそうだ。

翌日は雨が激しく、海は荒れて縦揺れと横揺れが複雑に絡み合い、船は激しく揺れた。階段を上り下りするときも手すりを摑まないと、つんのめって振り落とされそうになった。船内を歩く人もまばらで、船客はほとんど船酔いになってしまった。

食堂の食器もガタガタと横に揺れ、食事をとることもできなかった。メインルームに置かれた観葉植物が横に揺れていた。

■船酔いはダンスで解消、ご機嫌な船内生活

私は、北海道に交換留学生で来て帰国途中のアメリカの女子学生と仲良くなっていた。甲板で揺れに合わせてゴーゴーダンスを踊っていたら、酔いに打ち勝った。ダンスを踊ると船酔いしないと分かった。

「あるぜんちな丸」は貨客船で貨物を一緒に積んでいて、各港に着くと荷物を降ろすために三、四日停泊した。その間に観光を楽しめた。

一番最初の到着港はハワイのホノルルだった。船が港に近づくにつれ、ラジオから英語のニュースが聞こえてくる。初めての外国だったので興奮したものだった。

船は三日間停泊したので、昼は客同士連れ立って、夢のワイキキでサーフィンの真似を

したりして遊んだ。夜になると船に戻り夕食をとった。

「あるぜんちな丸」のシャワーとトイレは洋式だった。私はシャワーに感激した。洋式トイレは使い方が分からず、壁に書いてある仕様図を見ながら使用したのを覚えている。

次の停泊港はロサンゼルス港だ。船がバスツアーを用意してくれたので、ディズニーランド、チャイナシアターを訪れた。

このロサンゼルス港から、多くのラテン系の人が乗船してきた。数人のカップルがステップを踏み、腰を振って踊り始めた。

私は船に戻ってきてびっくりした。多くの日本人はラウンジの隅の方で、彼らが踊るのを遠巻きにして見ていた。

このことがあって、船内のムードがいっぺんに変わってきた。船会社の企画でゴーゴーダンスパーティーが開かれた。たまにスローな音楽が流され、カップルが肩を抱き合って踊るチークタイムとなる。

私は可愛いアメリカの十代のお嬢さんと踊っていたが、周りのアメリカ人のお母さんたちの顔が少し歪《ゆが》んで見えた。当時は、自分の娘がアジア系の男と踊るのは快く思われていないに違いないと思った。それはやはり、日本のお母さんたちにしても、自分の娘がアメリカの大きな男性に引っ張られて踊っているのを見ると、あまりいい感じがしないのじゃないかと思ったりもした。

■豪華な食事に大満足

船内の食事は、和食と洋食どちらかを選べるので、私は主に和食を頼んだが、ご飯に味噌汁、それにおかずが五種類あり、味噌汁も自分で取りに行けば飲み放題で、すっかり私は満足していた。

三時にはコーヒータイムというのがあって。ラウンジで無料でコーヒー&ケーキセットを食べることもできた。昼食と夕食が始まる前に、船員がドラムを叩いて船内を回るのは粋だと思った。

ラテン系の人々の中に、米国で働いたお金を持ってアルゼンチンへ引き揚げる夫婦がいた。私はその夫婦と大変仲良くなり、私がアルゼンチンに移住すると言うと、驚いていた。現地の住所も決まっていたので、それを見せてどんなところかと聞いてみたりもした。私が日系新聞社の記者として働くと言うと、みんなが「いい仕事だなあ」と言ってくれて、ほっとしたのを覚えている。

■姉妹船「ぶらじる丸」とランデブー

パナマ運河を過ぎて数日経って、船内放送で日本に帰る姉妹船「ぶらじる丸」と大西洋ですれ違うと知らされ、乗客に二〇〇から三〇〇個の風船を飛ばすようにと手渡された。船尾には鯉のぼりを揚げるとあった。

大西洋上でアルゼンチンから日本へ航海している船に出会い、お互いに手を振りながら別れを惜しんでいる。

すれ違う時間が近づくと、日本人乗客のほとんどが甲板に出て、「ぶらじる丸」が現れるのを待った。水平線の向こうから現れた船影は見る間に大きくなり、両船の間は二〇〇メートルほどに近づいた。私たちは大声で「お帰りなさい～」と手を振った。「ぶらじる丸」の乗客も手を振って、「さようなら～」と言う声が聞こえるほどの近さ。すれ違いは一瞬で、瞬く間に小さくなって視界から消えていった。

私はこのときふっと、「いつかは、あの船に乗るのか」と、少し寂しさを感じた。

船が赤道を通過するとき、赤道祭が開催される。船内で行われるカーニバルである。

乗客は全員仮装行列をして船内を練り歩く。甲板ではビュッフェスタイルの食事が用意され、天ぷら、焼き鳥など、乗客が自由に選べるメニューが並ぶ。日本そば、うどん、スパゲッティも用意されていた。夜には盆踊り大会が催され、希望者には、浴衣やハッピが貸し出された。

私たちをはじめ、外国人も浴衣やハッピを着て、その晩は船員方の太鼓に合わせ盆踊りをした。ちょうど満月が海面に映り、皆で盆踊りに酔いしれた。

■乗客には花嫁さんも

移住者の中には、写真の交換で知り合いになり、現地の青年と結婚する花嫁さんも数人いた。パラグアイに移住する家族や、アルゼンチンへ旅行する日本の女子大生もいた。しかし、スペイン語はほとんどまだ話されていなかった。

幸いにも、アルゼンチン人で、日本に長く住んで帰国される方が、ボランティアで毎朝十時からスペイン語の講座を行うという話を聞いて、私はそのアシスタントとして参加することになった。

小さな黒板を使い、先生がまず簡単な文法から説明されるのを、私は日本語で皆に説明した。講座は、アルゼンチンに着くまでほぼ毎日続いたのであった。

乗客の中には、アルゼンチンで大きなクリーニング店を経営している息子から、「お母さん、老後はこっちでゆっくり一緒に暮らそうよ」と呼ばれて渡航する方もいた。

また一方で、妻に先立たれ、息子にも見放されて独りぼっちとなり、日本の家屋もすべて処分してその代金を持って「ブラジルにいる息子と暮らすんだ」と渡航する人も一緒だった。

船内で若者同士が家族みたいに一緒に食事をし、甲板ではおしゃべりをするうちに恋に落ちてしまう男女もいた。アルゼンチンへ花卉《かき》業の仕事で行くイケメンの青年と一人の移住花嫁さんが恋に落ち、船がブラジルのサントス港に着くや否や救急車が船に横付けになり、彼女を乗せていたのが甲板から見えた。

私も同様に、船室で二人きりになり誘惑されそうになったときもあったが自制した。

「母が鶴柄の布団を用意してくれたので、一緒に積んできた」と聞かされていた。私は彼女も含め、他の花嫁さんは本当に偉いなと思って、陰ながらサポートしてあげようと一緒に歌を歌ったり、スペイン語の分からないところを教えてあげたりもした。

船がパナマ運河を渡り大西洋に出たころから、船内の雰囲気は一変した。多数の友人がロサンゼルスで下船した寂しさもあったが、私も含め多くの移住者が、そろそろ新天地での生活を思い、不安になってきたのである。食事中の会話も少くなり、船室に閉じこもる人も出てきた。

■やっとブエノスアイレス港に

不安をよそに、船は真冬の大西洋を進み、ブラジルのサントス港に到着。ここでほとんどの移住者は下船した。私は六人部屋でたった一人になり、船内はがらんとしてきた。そんな中、アルゼンチンへ移住する花卉業に従事する若者や花嫁さんたちと過ごす時間が多くなり、自分の境遇や移住を決心した理由などを話し合った。

そして一か月半に及ぶ長い旅を終えて、アルゼンチンのブエノスアイレス港に到着したのであった。突堤には、アメリカへ出稼ぎに行っていたアルゼンチン人の家族が出迎えに来ていた。中にはぽつぽつと移住者の保証人の出迎えもあった。

私たちは下船すると、最初に目の検査だ。港の中にある診療所に回されて、医者が目をチェックした。一番警戒したのはトラコーマ（目の感染症）らしかった。そして問題がなければ、税関で書類を見せ入国した。

新聞社の社長が迎えに来ていた。私は、船に積んだ荷物を後から引き取るということで、社長と共にまず新聞社に向かった。

到着したブエノスアイレス市は真冬で、石畳の上を歩くと物悲しさが漂っていた。周囲の多くの建物が石造りで、想像していた真っ赤な太陽輝く街ではなかった。

ブエノスアイレス市はアルゼンチンの首都で、人口は当時三〇四万人。二十世紀の初めに移民してきたヨーロッパ系の白人で占められる。

ヨーロッパ系の建築物の多さにより、南アメリカでは最もヨーロッパ的な都市であり、〝南米のパリ〟と呼ばれている。

活躍の場はアルゼンチンだ

■日系新聞社で記者として働く

船が到着後、勤務先の日系新聞社の寮に辿り着き、そこの貧しい部屋に荷物を降ろした。部屋にはベッドが一つ、窓もない。私はここで、三食あてがわれ生活するのだ。

翌朝、目が覚めて「ここに一生住むんだ」と決心して、アルゼンチンでの生活の一歩を踏み出した。

新聞社の仕事は朝四時に起き、NHKの海外向け日本語のラジオ放送を録音し、八時から事務所でテープを文字に起こし新聞記事に載せるのである。ラジオは「君が代」で始まり、その後いろいろな日本の主な出来事のニュースが放送される。

当時、アルゼンチンには約四万人の日本からの移住者が住んでいたが、新聞の発行部数は二〇〇〇部で毎日発刊されていた。社員は社長を含め四名で、社長は青年時代に日本から移住し、苦労して大きな農園を持ったが失敗して農場を売却、残りのお金で新聞社を立ち上げたという人だった。

社長は六十歳になっていたが、鉛製の活字がぎっしり大量に並んだ棚から、記者が書いた原稿どおりに活字を拾って植字していた。

社長自らが、紙型を取り金属を流し込み印刷版を作り、輪転機で新聞を印刷する。出来上がった新聞はまとめて紐《ひも》で縛り、担いでバスの停留所へ運ぶのだが、そこから郵便局へ投函するのは私の役目であった。

新聞の記事の内容は、アルゼンチン国内で起きた事件や日本のニュースが主力で、地方の移住地の日本人にも郵送された。

日系社会で新聞は回覧板のような役目を果たして、国内の日系社会で起きている出来事やニュースを知るのに役に立っていた。

当時、日本での大きな出来事は「三島由紀夫事件」であった。作家の三島由紀夫が自衛隊の決起を訴え、割腹自決した。これはアルゼンチンでも大きなニュースとして取り上げられた。その他「よど号ハイジャック事件」も日系人を驚かせる一方で「大阪万博」が開かれ、日本の実力が認識されたのであった。

アルゼンチンはインフラが不完全で、日系人も事故で命を失ったが、そうした記事がしばしば載せられた。知り合いのご夫婦も日曜日に地方へ遊びに行き、帰途、雨の中、車で橋を渡っていたが、橋ごと流されて亡くなられた。

新聞にはお葬式の案内、会葬御礼や逝去案内の欄が毎日いっぱいであった。

沖縄連合会主催観劇会の大きな看板の下の会場で、移住者の方々が国定忠治の劇を行っている。観客席では、移住者の家族の方々が座って観ている。記者の私がカメラを持って撮影している。

■アルゼンチンの日系人社会

日系人約四万人のうち、約八十パーセントは沖縄県出身であった。多くはブエノスアイレス市内でクリーニング店を営んでいた。クリーニング店というのは現金商売であり、家族で働けるというのが、その大きな理由だった。

アルゼンチンの友達と話すと、彼らはよく言ったものだ。

「市内のどこからでも石を投げれば、必ず日本人のクリーニング店の屋根に当たる」と。

日系人は出身地によって、鹿児島県人会、沖縄県人会、北海道県人会等をつくり、日曜日には皆が手作り弁当を持ち寄り、運動会を開いたり、演劇会を催したりした。

演劇では、それぞれ希望者が役を決めて「国定忠治」の芝居が演じられた。私はカメラを担いで取材し、明くる日の新聞に記事と一緒に載せた。時々日本映画も上映されたが、『座頭市』の映画は人気があった。

こうした機会に、私は多くの日系人と知り合いになり、日曜日には「アサド」という焼き肉料理をご馳走になったりした。アサドとは肉の塊を炭火でじっくり焼く伝統料理で、アルゼンチンでは誕生日やお祝い事にはもちろん、日曜日には家族や友達とアサドパーティーをする習わしがあった。

文部省の業務の一環で、商社マンの子供たちが通う日本人学校があった。これに対抗して、移住した方々の子供が通う日本人学校もあり、移民二世の子供達はここで日本語を学んでいた。教材は日本からボランティアの人が送っていて、教師もＪＩＣＡから派遣された青年協力隊の人が務め、活気に溢れていた。

移住者が立ち上げた日本人会と大使館との関係は密接ではなく、日本から外交官が訪問されても会見する機会は与えられなかった。ただ正月、大使が大使館に招いて餅をつき、我々に振る舞ってくれたり、大使館員の奥様たちがおせち料理を用意してくれたりした。

私は、新聞社勤務の合間にアルバイトもした。大きなクリーニング店の三人姉妹（日系人の娘）に日本語を教えたのだが、日本語の文法を教えるのはさんざん苦労した。〝ゆっくり、あっさり、だんだん〟とか適当な副詞を与えて、これで文章を作らせ添削したり、小学校の教科書を読ませ、内容を説明したりした。

さらに取引先の秘書のお母さんが大の日本びいきで、彼女と日本語とスペイン語の交換教授をしたが、最後には言葉じゃなくて、彼女から日本の文化、例えば歌舞伎、茶道、華道の歴史などを聞かれ、私の日本文化の教養のなさを痛感させられた思い出もある。

■二か国語を話せる強み

こうして新聞記者を続けていたが、ある日、この新聞の広告に「日本語を話せる人を求む」という求人広告を見つけた。私は、早速その会社に面接に行った。

社長は日本人の医者で、旧帝国海軍兵学校出身であった。会社は日本の製薬会社および食品会社の販売代理権を持ち、その製品をアルゼンチン国内で販売していた。

私は採用され、転職した。

ここでの私の仕事は、主に医薬品や動物薬品をアルゼンチンの製薬会社および食品会社に販売した。社長は日本で開発した抗生物質等の新薬を、厚生省の市販許可を取り、現地の製薬会社に市販化させていた。

社長の経営方針は海軍式で、

「命令されればすぐに応える」「とにかく走りながら考える」

という精神で、アルゼンチン人との対応においては厳しく、

「相手の目をしっかり見つめて話す」「握手はしっかりと手を握る」とか初歩的なことを頭から叩き込まれた。

私は日本でセールスの経験があるものの、当初はドキドキし、販売実績はなかなか上がらなかった。だが、一生懸命働いた。

当時、アルゼンチンでは、日本の本当の実力がまだ知られず、アジアの貧しい国の一つとして見られていた。私に対しても「かわいそうな移住者だな」ということで、少々無礼なことを言っても、「仕方ない」と許して製品を買ってくれた。

私の日本人としての計算力、暗記力等は普通程度であったが、スペイン語を話すと、アルゼンチン人の間でも一目を置かれた。

私は養鶏用の飼料添加物も販売した。社内で日本語が分かるのが私一人で、取引先がほぼ日本に限られていたので、両国の間で充分に能力を発揮することができた。日本の大手製薬会社の国際部の担当者が、現地の製薬会社を訪問する際には、難しい薬の通訳も行った。

アルゼンチンでは養鶏業が盛んで、養鶏業者向けに日本で開発された動物薬の販売が好調だった。したがって、現地のセールスマンを雇うことになったが、私はセールスマネージャーという仕事を任され、セールスマンの販売を管理した。

彼らは販売はするが、代金の回収は遅いので、口銭（手数料）の支払いは販売後と回収後に分けて払ったりしたので、こうしたセールスマンのコントロールで苦労した。

車のガソリン代を払っていたが、走った距離をごまかしたり、泊まってもいないホテルの領収書を持ってきて宿泊代を要求したりで、さんざんであった。

セールスマンが客を訪問して販売を行う場合、まず未払いの代金の回収後と決めていたので、地方に出向いているセールスマンから夕食時に「この客に販売しても良いか」と電話を受け、「まず集金してから」と言い合いをしたこともたびたびあった。

ときには、社員を解雇する場合もあり、日本人として恨まれるんじゃないかと私自身の心配もした。

■生き物の輸出は大変だぁー

アルゼンチン産のポニーも数頭、飛行機で輸出したことがある。ポニーは小型の馬で、小さいのは肩までの高さが八十センチメートルと、犬と同じくらいの大きさである。

このポニーを抱いて事務所へ運び、写真を撮るために机の上にのせたところ、撮影中に小便をして、我々を慌てさせたこともあった。

また、貨物航空で移送するために、牧場からトラックで運び、飛行場で檻《おり》に入れるのが大変であった。

ポニーは暴れまわって、四人がかりで一頭ずつ担いで入れた。社長も来ていたが、木製

日本へポニーを輸出。

の檻の表面がカンナ掛けしていなくてひどく怒鳴られたのを、今でも覚えている。社員の一人である獣医さんがこのポニーの檻の側に椅子を置いて座り、水などを与えて同乗したので、全頭無事に日本へ着き、一同ほっとしたのであった。このポニーは後にアルゼンチンの大統領が来日されたときに、ときの皇太子様に二頭贈られた。

ポニー以外にもアルゼンチンにはダチョウがいる。革製品は有名で、オーストリッチの財布、小物入れなどを紹介したが、糸の縫い目が均一でない。ハンドバッグは金具が良くない。冷凍鯛の輸出も、輸入業者から「大きさを一定にせよ」との要求に応えられず輸出できなかった。

私の働きを評価して、社長も住宅や車

を与えてくれ、クレジットカードも毎月決まった額が使えることが許可され、充実した日々を送っていた。さらに社長から日本への出張も認められ、満足の頂点であった。
しかし、事態は全く予想しなかった方向に変わっていったのであった。

■通訳で大忙し

私が得意とすることの一つは翻訳である。日本で開発された新薬をアルゼンチンの製薬会社に市販化させるために、厚生省の許可を取らせ、その薬の臨床データ、副作用のデータをスペイン語に翻訳することであった。

翻訳はアルゼンチンの医科大学に通う女子大生と協力して行った。ある薬の作用に「早朝勃起」という単語が出てきて、これをスペイン語に翻訳するのに苦労した。そのものの単語を知らずに、手振りで説明を行うこともできず苦労したのを思い出す。

あるとき、日本のA製薬の部長が弊社を訪問、ゴキブリ捕獲器をアルゼンチンで販売する目的であった。

こちらの販売スタッフに、製品を組み立てゴキブリが入ると出られなくなる様子を手足を使って説明したが、そのしぐさがおかしいと周りの人はみんな笑ってしまった。しかし一箱も売れなかった。

インスタントラーメンの製造機一式を日本から輸入して製造販売を試みたが、日系社会に売れただけでアルゼンチン社会には売れなくて、やめてしまったこともあった。

日本の大手製薬会社の海外部担当の人が、たびたび出張で来られたこともあった。出張はこちらが空いている五月から七月に集中して、一日に二組も飛行場に迎えに行ったこともあった。夜の接待は、必ずタンゴの生演奏にお連れするのが常であった。

アルゼンチンで一番有名なライブハウスは「Viejo almacen」であるが、私はここへよく通うので、オーナーもよく知っていた。

二月には、歌手の菅原洋一さんがマネージャーと連れ立って、首都のブエノスアイレス市へリオのカーニバルの帰途寄られた。ひょんなことから、私が接待することになった。

菅原さんは日本でタンゴ歌手として有名なので、まず「Viejo almacen」へお連れした。聴いているうちに彼が突然、「私も、あの舞台で歌ってみたい」と言われた。

私は「ここは、一般のお客様が飛び入りで歌うところではないので難しいです」と答えた。だが彼は、

「何とかなりませんか？　真下さん」と言うので、私は彼を連れてオーナーに訳を話したが、その最中、彼は突然タンゴの曲を歌いだした。

それを聞いてオーナーはびっくりしたが、「うん、これはいい」ということで、舞台に上がり観客に言った。

「実は日本から私の友達が来て歌いたいと言っているので、よろしいでしょうか？」と。

観客は拍手で迎え、菅原さんは舞台に上がって歌った。

さすがにプロ。よかった！　観客が大喜びでアンコールもあり、ついに菅原さんは、この舞台で三曲も歌ったのであった。彼は大変満足して、その年のＮＨＫ「紅白歌合戦」で、このエピソードを披露したと聞いた。

このライブハウスでは、前座としてアルゼンチンの歌手グラシェラ・スサーナさんがギターを弾きながら歌っていたところ、マネージャーが彼女に目をとめて、「ぜひ日本で売り出したいので、話をつけてくれませんか」ということであった。

そこで、早速私は彼女にこの話をして、ＯＫという返事をもらった。マネージャーからは、帰国後正式に契約をしたいという連絡があり、まとまったのである。

日本では菅原洋一さんが彼女と一緒に歌って売り出したため、かなり有名になったと聞いた。彼女が歌った「サバの女王」は大ヒットした。

彼女はその後、日本びいきとなり、長男にTaro、長女にHanakoと名前を付けたということだ。

アルゼンチンの友人

■家族ぐるみで親しくなる

スペイン語上達のためにも、また生活の潤いを得るためにも、どうしても現地の友人を持ちたかった。スペイン語が上達する一番良い方法は、恋人を持って時々喧嘩をすることであると言われている。

実際、私はアルゼンチンの女性と付き合ったことがあった。だが、スペイン語だと女性特有の優しい口調は聞けず、同じ表現、言い回しで男性と話しているのと一緒、しかも疲れる。

デートで家まで迎えに行き、レストランでテーブルに座るときは椅子を引く。とにかく気を配らなくてはいけない。これはアルゼンチンの男性が普通にやっていることで、騎士道精神というものであろうが、私はすっかり疲れてしまって、ついに恋人は出来なかった。

そんな私は、ひょんなことから友人を紹介された。

アルゼンチンの大学で東洋哲学を学び、日本語も独学で勉強していた男性である。

彼の自宅に招かれ、ヨーロッパ風のシャンデリアが付いた大きな部屋で、語学の交換授業を行った。彼は日本語がかなりうまかったが、少しの間違いを恐れるのと、間違うと顔が赤くなる。したがって、私がスペイン語を話す時間の方が多くなった。

彼は日本の宗教に興味を持っており、神道についての質問が出たので、私は本で勉強しながら質問に答えていた。

付き合っているうちに彼の両親とも親しくなった。父親はミシンの修理で生計を維持しており、仕事場には修理道具がきちんと壁にかけてあって、日本の職人肌のようであった。母親はイタリア系で、イタリア料理が上手だった。当初は勉強中に、コーヒーと手作りのケーキを持ってきてくれることもあった。

ある土曜日、夕食に招いてくれた。大きなテーブルに多くのナイフとフォークが並べてあり、どこから使ってよいのか分からないで困っていると、お母さんがもっと欲しいかと言われ、私はその返事にも躊躇した。日曜日も夕食をご馳走になりながら、この一家との付き合いを深めていった。

友人は一人息子だった。私は、日本で学生時代に下宿した家では一人息子の兄ちゃんという待遇で大切に扱われたが、このアルゼンチンでもちょうど私は、彼の兄貴として見てくれるようになっていった。

こうして週末には、彼の家で夕食を呼ばれるようになった。さらに家族が友人宅を訪問する際も、いつも連れて行ってもらった。

■仏教に傾倒した友人

その頃アルゼンチンでは、ある仏教団体のアルゼンチン支部が出来ていて、布教が進んでいた。

移住者の間で布教が広まり、週一回の集まりには多くの信者が参加した。日本人同士、異国の地でこうして団結して助け合うのに宗教はいいんじゃないか、と私は思った。

彼から週一回の集まりに私も参加するように誘われたが、私は参加しなかった。

「なぜ、毎朝お経を唱えると幸せになれるのか？」と彼に質問したりして、二人の間でよく討論になることもあった。

彼の家にも日本人の信者の人が訪問されるようになり、私との関係もだんだん疎遠になっていった。

その後、彼は文部省の留学生制度に受かって、九州の大学に留学したが、その間、日本でも信仰心を深め、信者の一人と結婚して、日本人の奥さんをブエノスアイレス市に連れてきて一緒に住んだ。

今では娘さんが小児科の医師になり、お父さんも一〇〇歳を超えてなお元気で、とともFacebookで交信のやり取りをしている。

ヒヨコの鑑別師。米国系の養鶏会社内で友人が両手に3羽ずつヒナを指に挟み鑑別している。横の大きなビニール袋に雄のヒナ、もう一方にはきれいな箱に雌ヒナがいる。

■忘れられない友

忘れてはいけない友人K氏は、唯一日本人の友人であった。

彼はヒヨコの鑑別師で、孵化《ふか》したばかりの鶏のヒナの性別を判断する専門職である。彼はすでにヨーロッパ、メキシコで働いていて、そして今回はアルゼンチンへ働きに来た。

彼のお母さんは、外国では日本食が食べられないからと、いろいろな日本食の料理の仕方を教えていた。私は、彼のアパートでよくご馳走になっていた。

彼の仕事先は大手のアメリカ系養鶏業者で、仕事の契約面で会社の担当者ともめるたびに、私が駆り出されて話をまとめることもあった。

彼とはプライベート面で日本語で会話が

できるので、一緒にいると楽しい時間を過ごすことができた。海外に住むと、お互いに足りないことを補い、結束がより以上に高まるものだ。

彼の職場は市内から離れた郊外にあり、彼は長距離バスで通っていた。ヒナが孵化するのが真夜中であったため、仕事は夜勤が主だった。

ある朝早く、私は会社からの電話で叩き起こされた。彼とアシスタントが高速道路でトラックに撥《は》ねられて病院に運ばれ、二人とも意識不明だということであった。診断は脳底骨折で、命が危ないという。

私は、そのことを彼の自宅に電話して伝えなければならない。状況は大変厳しかった。電話をすると、お母さんが出てこられた。

「息子さんがトラックに撥ねられ、意識不明だ」と伝えた。お母さんの震える声を聞き、返す言葉がしばらくなかった。その後の状況も逐一お伝えして電話を切った。

幸いにも、二人ともまもなく意識が回復。体も回復して、それ以後も仕事に励んでいる。

■人気の日本映画

この彼と土曜日の夜は、必ず映画館へナイトショーを観に行った。

日本映画も時々上映され、三船敏郎の『七人の侍』は好評を博し、侍映画が人気を呼んだ。仲代達矢主演の『人間の条件』は良かった。映画終了後、皆が立ち上がって拍手が起きた。

この他、仲代達矢の『切腹』も面白かった。侍の言葉をスペイン語でいかに訳すか、私は字幕ばかりを見ていたが、

「殿、江戸へ参りましょう」が、

「Vamos a Tokio ―― Let's go to Tokyo」になっていた。

侍の言葉をスペイン語に訳すのに、大変苦労しているのがよく分かった。

『ビルマの竪琴《たてごと》』（監督・市川崑）が上映されたときは、多くのアルゼンチン人が涙を流しているのが印象的であった。

ブルース・リー主演の『燃えよドラゴン』は此方《こちら》でも人気を博した。

上映後、皆が、私たち日本人の顔を見て「日本の空手は素晴らしいなあ」と、口々に言った。ブルース・リーは日本人だと思っている人が多かった。

その当時は、ブエノスアイレス市は治安も良く、映画が終わる午前二時半頃でも市内バスが走っていたし、ご婦人が犬を連れて歩いていた。

それからもう一つ面白いのは、祝日の前夜午前零時になると、突然、映画が中断されて国歌が流れ、皆が立ち上がって斉唱するのである。こういう習慣も面白かった。

スペイン語は我が人生の武器

■なぜ、スペイン語？

スペイン語は私にとって生活の糧を得るための道具であった。後年、アルゼンチンで暮らし、仕事をしながら上達していったと思う。

スペイン語は〝神への言葉〟と言われ、世界で約五億人が話す言葉である。発音は易しいが、英語と違って男性名詞、女性名詞があり、また主語によって動詞が変化するので、マスターするのに苦労する言語である。

私が大学生の頃、ラテン音楽やスペインという国の魅力は日本でも知られて人気が出ていたが、まだスペイン語はマイナーな言葉で、勉強している人も少なかった。よって競争相手が少なく、かつ〝ヨーイドン〟でスタートしても、そんなに苦労しなくても頑張れば一流になれると思った。

大学の授業では、最初の二年間は文法が中心であった。

文法を勉強して将来何の役に立つだろうか、といつも疑問に思っていたのであるが、実際、スペイン語を勉強しておいて役に立ったのは、スペイン語を話すアルゼンチンで生活してからである。

■私のスペイン語上達術

アルゼンチンでは、私は朝からラジオをつけっぱなしでニュースを中心に聞いていた。大人は間違えても指摘してくれないが、子供は違う。だから付近の子供たちを連れて公園に行き、お菓子を配ったりして子供たちと会話を楽しんだ。

子供は、私が間違って話すと大声で笑う。

「そんな言い方はないヨ」と、教えてくれるのだ。

アルゼンチンの友人で十年以上も住んでおられる方と、とあるアルゼンチン人のお宅を訪問した。

私はまだ来て数か月であったが、その家の主人が私に向かって、

「君は、こちらに長く住んでいる人よりなぜスペイン語が上手なの？」と言われ、一方の友人は大変気分を害された。彼は長く住んでいてスペイン語を話す自信があった。それにもかかわらず、まだこちらに来てわずかな私がうまく話すので負けたと思い気分を害したのである。こういう場面はほかの友人と訪問したときも起きたのであるが。中には「真下は大学でスペイン語を学んだから当たり前だ」と弁解する人もいた。

前述したように、この地にやって来て就職した会社は日系の新聞社だったが、その次が日本人の経営するアルゼンチンの会社で、従業員はすべて現地の人であった。

その会社は日本の大手製薬メーカー、精密化学品メーカー、および食品メーカー代理店で、私はそれらの製品販売を行うために現地の製薬会社、食品会社を訪問した。

製薬会社の購買部長は薬剤師が多かったが、会う約束を取り付けるのは大変であった。やっと会ってくれても、相手が何を聞いているのか分からず、私はぼやっとしていたら、彼が怒って席を立って「もう帰れ」と言われたこともあった。彼らはプライドが高くて、なかなか近寄り難い感じで、話す場面ではいつもドキドキして緊張していた。

売り込みに行き、相手の言っていることが理解できないのでは全く話にならない。販売は当初うまく行かなかった。

だが、せっかく会ってくれたのだから、是が非でも相手を理解しようという覚悟で私は臨んだ。とにかく、言葉を使えば使うほどコミュニケーション力が付き、販売実績が上がるのである。これほど完璧な語学の学習方法はない。

オフの日は、アメリカ映画をよく観に行った。字幕はスペイン語である。読むのが遅いと、意味が分からないまま次の場面に移ってしまう。

コミック映画では、みんなゲラゲラ笑っているのに、私は笑えない。同じ料金を払っているのに……と、本当に悔しく思った。

裁判や病院内でのシーンの会話は、難解だった。とにかく会話の多い映画には本当に苦労したが、週に五、六本は観るようにした。

ある日から、私は映画館へペンと紙も持って行き、分からない単語は暗やみの中でサラサラと書き、家に帰ってからその単語を調べ、「あーなんだ、そういうことか」と、笑ったりもした。

のちに妻と二人の生活が始まって、さらにいろいろな問題でスペイン語を話す必要に迫られた。

妻が妊娠して出産するまで、産婦人科へ同行した。週一回の健康診断では、妻や赤ちゃんの健康状態まで医者は詳しくスペイン語で説明するが、専門用語が分からず、それを妻に伝えるのにも苦労した。

■現地で詐欺に遭う！

アルゼンチンに滞在して五年くらい経つと、アルゼンチン料理にも慣れ、お客と食事をしても味がよく分かり、美味しく頂けるようになってきた。

スペイン語にも慣れ、お客と電話で価格のやり取りをしても数字上の間違いもなくなってきた。だが、言葉が分かるようになってきて問題が生じることもあった。

ブエノスアイレスの町を散歩していると、向こうから、白い手袋をはめた紳士風の老人が私に近づき、

「私は実は今ガンを患っていて、命が短い。お金がたくさんあるので、それを貧しい人にあげてほしい」

さらに、

「貴方《あなた》は日本人とお見受けする。お金を責任持って彼らに渡してほしい」

と言いながら、いきなりポケットから厚い一〇〇ドル紙幣の束を見せたのだ。

私は当初、彼の話し方が弱々しくて聞き取りにくいので、聞き直したりしていたが、努力するうちに相手の言うことが全く嘘《うそ》でなく、本当だと信じるようになっていた。

しかし、もじもじしていると、一人の中年の男性が近づいてきて、私に「何かあったのか」と聞くので、

「この人がお金を私に預けようとしている」

と話したら、その人は、

「それはいい話だ。三人で喫茶店に入って話そう」と言って、喫茶店に入った。

コーヒーを飲みながら、その老人が私に言う。

「あなたを信用するけれども、あの、こんなことを言ったら失礼なんだが、あなたがそれを自分のために使わず、貧しい人に渡すという何らかの証明が欲しい。あなたが持ってい

るお金をすべて見せてほしい」

私は証明するために、ポケットから財布を出して中身を見せてしまった。だが幸いにも、その財布には少額の現地通貨しかなかった。

それを見た二人は、

「それじゃ、明日ここに三時に来るから、あなたが持っているお金と通帳を持ってきて見せてほしい」と言う。

銀行通帳を持ってこいと言うので、ちょっと変だと感じた。アルゼンチンの友達にすべてを話すと、これは有名な詐偽泥棒だと分かった。

翌日、私はそこには行かなかったが、一か月後、他の老人が、言葉巧みに私に近づいたケースもあった。上手く言葉に乗せられるところだった。

こちらでは、たとえ紳士然とした老人であっても、お金の絡む話には油断がならないことを肝に銘じなければならない。そう思い知らされた出来事であった。

■言葉文化の違いを痛感

私が残念に思ったのは、アルゼンチンの女性との付き合いである。

アルゼンチン人口の七十パーセントはイタリアとスペイン系の混血で、髪の毛も目も黒くて、身長もアメリカ人やヨーロッパ人と比べてそんなに高くなく親しみやすい。

女性も、日本人好みの美人が多い。エリザベス・テイラーとかクラウディア・カルディナーレみたいな美人である。私も最初はものすごく惹《ひ》かれ、友達も持ってデートもした。話して分かったのだが、スペイン語では男女の話し言葉は全く一緒。

日本語では、女性は優しい言葉遣いをする。例えば、「お茶、お散歩」とか「お食事、召し上がります？」とか丁寧語を使い、絶対に、「メシ、早くしろ。ダメだな」とは言わない。

このように日本人女性は、独特の少し恥じらいを含んだ、控えめで優しい口調でしゃべる。

だが、この国では違う。この国では物事をはっきり言わないのはマナー違反なのだ。そのようにしつけをされているので、彼女たちははっきりと物を言う。

彼女とデートしても、女性を感じられない。私がおとなしく優しい女性が好きな性格であるためかもしれないけれども。

ちなみに、アルゼンチンの男性は、すべてにおいてレディーファーストである。スペインとかイタリアの騎士道精神で、徹底的に女性に尽くし、それに喜びを感じ、それが男性らしさの象徴と思っている。

例えばエレベーターを待っているとき。女性が後から来ると、必ず列の一番最初に並ばせる。中には帽子を取って、「どうぞ」というふうにする人も。

それから、レストランに誘って食事をするときには、必ず最初にテーブルの椅子を引いて女性を座らせる。店を出るときも、必ず女性に上着を着せる。デートも、必ず家に迎えに行き、デートが終わったら家へ送り届ける。とにかくものすごくしんどい。

こうして、残念ながら日本人の私は、アルゼンチンの女性に対する興味を失くしてしまった。絶対に、ここの女性との結婚は考えられない。

私が思うに、強い性格で彼女たちを引っ張っていける、もしくは相手の言うがままになれる全く弱い性格の男性が、彼女たちと結婚してうまくいくのではないか。

友人の家で夕食をご馳走になることもあったが、テーブルの上にたくさんご馳走が出て、食べてしまうと、その奥様に「もっといかがですか」と聞かれる。

いらないと言うのもなんか失礼だし、そうかといって、もっと欲しいと言うのも日本では遠慮知らずで良い習慣ではないから、もじもじしていることがたびたびあった。

すると、奥さんは私に言った。

「はっきり答えないので困る」と。

スペイン語と日本語の大きな違いは、アルゼンチン人は要求語をよく使い、一方、日本人は形容詞でそれを表現するということだ。

日本では、多くの子供は家に帰って、お母さんに「お腹がすいた」と言う。「おやつを頂戴」とは言わない子が多い。

ところがスペイン語では、はっきり「おやつちょうだい」とか、「ご飯、用意してよ」と要求語で言う。

日本語では、夕食を用意しているお母さんが「忙しい」と言っても、「手伝ってよ」とは頼まない。事務所でも秘書がこれ見よがしに、「あれも、これもしなくてならないのよ」と言っていそいそしても、「手伝ってほしい」とは言わない。

日本では、はっきりと物を要求するのは何かぶしつけであまり良くないから、相手が察してくれるのを待つのだ。

私は、こちらでは要求語をよく使う習慣のため、性格が徐々に変わっていくのだと思った。

スペイン語は英語と同じように、ＹＥＳ，ＮＯを初めに持ってきて話す。これが性格が変わっていく原因であろう。


ＪＩＣＡは、当時外務省の外郭団体に所属していた。定年後の人々に平等にチャンスを与える趣旨で各国へ派遣し、活動は二年間に限定されていた。二年間の任務を終えると、さらに試験を受けて合格して初めて世界各地へ派遣されるのである。

私は幸いにも四回試験を受けてすべて合格した。ニカラグア、グアテマラ、そしてメキシコと各二年間ずつ派遣された。派遣先の事務所にデスクを持ち、地元生産者の日本向け輸出指導に当たった。

ニカラグアは、綿花の栽培の後にゴマの栽培が始まり、そのゴマを日本へ輸出サポート、それと小さいコーヒー農家もあり、コーヒーも輸出サポートした。グアテマラはコーヒー、観葉植物の輸出サポートをした。

それらの国へ日本から商談を兼ねて企業の方々が来られるときは通訳し、スペイン語力が大いに役立ったのであった。

■語学上達はこれしかない！

振り返ると、スペイン語が上達したと実感したのは、問題が発生した場面が多かった。例えば仕事では商品クレーム、バイヤーの支払い遅延、もしくは倒産後処理等々。生活面では、電器・家具・生活用品の修理依頼、家主との契約上のもめ事などである。こういう問題に直面し、必死になって言葉を駆使したことが、上達のカギになったのではなかろうか。

外国語を学ぶコツは、しゃべるときはなるべくまとめてしぼって話すと、相手の話を聞き分ける能力がつく。上手くなると話し、相手を笑わせ、同時に怒らせることもできる。そして一番これは難しいが、感動させることだってできる。

さらに学ぶメリットとしては、相手の話を早く聞き取れるようになることである。それとともに忍耐力がついて、話すときも物事を簡潔に話そうと努められるようになることであろう。

二年ぶりの日本へ

■颯爽《さっそう》と会社訪問

映画『ボルサリーノ』でアラン・ドロンが着ていた青いセパレートの背広を着て、部長肩書の名刺を持ち、私は羽田空港に降り立った。ちょうど、年末の二十六日午後六時であった。

飛行場からシャトルバスでホテルへ向かった。時刻はすでに午後の七時を回っていたが、窓から見える事務所の窓々には明かりがついている。

アルゼンチンではありえない。社員はみんな定刻に仕事を終え帰宅して、家族と食事をとるのが当たり前となっているのだ。社員が珍しく残業していると奥さんから電話がかかってきて、彼は慌てて帰宅するほどだ。日本に着いても、もはや私の意識はすっかりアルゼンチン人になっていた。

翌日から取引先の大手製薬会社への訪問が始まった。

私の肩書は部長であり、日本の会社の社員であれば会えないような重役とも面談ができた。

「真下さん、アルゼンチンで我が社の製品を販売していただき、ありがとうございます」と頭を下げられると、まだ二十九歳の私は有頂天になってしまった。

アルゼンチンの製薬業界についての説明等、用意したデータを自信満々に読み上げた。

■豪華な接待

当時、日本の製薬会社の業績は良く、利益を上げていたので、夜の接待は豪華であった。夜は銀座の高級クラブに入りびたりで、接待してくれた社員から「この方はアルゼンチンの会社の偉い人」と紹介され、いい気分であった。

会社が年末の正月休みに入る前に四社を訪問し、やっと仕事を終えて実家に帰ったのは、年末十二月三十日だった。

一度「さようなら」と別れたのである。両親に会っても、何となくぎくしゃくした雰囲気であり、私は私で年明けの会社の訪問のことで頭がいっぱいだった。

しかし両親には計画があったのだ。それは、

「日本で彼女を見つけて結婚し、アルゼンチンへ連れて帰ってくれ」

だった。やはり、私との絆《きずな》を保ってほしかったのであろう。

■お見合いに出発

明けて一月四日から三日間、一日に三人のお見合い相手との場所が設定されていて、私はそのスケジュールに従い行動することになったのである。

私としては、日本から嫁さんを連れて行くことはおろか、結婚の〝け〟の字も考えていなかった。しかし、これが唯一の親孝行だと思い、一月四日から約束の見合いの相手との会見が始まった。

私は日本からお嫁さんを連れて帰っても、必ず幸せにできるという自信はなかった。彼女としても、言葉も分からない、友達も少ないアルゼンチンで、子供を育てていくのは大変なことだ、と私は今までの生活を通じてよく分かっていた。

正月の挨拶も兼ねて、叔父の家でお見合いをした。相手の方はきれいな着物を着て、両親と一緒に来られた。私はアルゼンチンでの生活を説明した。そのうち叔父が、

「じゃあ、二人で近くの神社参拝に行ってらっしゃい」と。

着物姿の日本のお嬢さんと歩くのは、久しぶりであった。彼女は大変魅力的だったが、結婚は考えられなかった。彼女がどうしてアルゼンチンに住もうとするのかも聞いたりしたが、まだ移住するとは考えていなかったようなので、明くる朝、すぐにお断りした。

お見合いをする方の中には、父の義理で一応会うだけでも、と結婚を考えておられない

相手もいた。私は、その方たちとは気楽にアルゼンチンでの生活を話したりして別れた。

中には、地球儀でアルゼンチンを調べて本気で結婚を考えておられる方もいて、私が曖昧な返事をしたために、先方のお父様が直接来られ夕食をとりながら、私の経済状態など聞かれたケースもあった。こうして、三日間のお見合いは終わった。

現在、この経験を書いているが、他の方との見合いはほとんど覚えていない。単なるデートとしてお会いするのは意味がないことであり、最近流行っている婚活パーティーも、結婚の意思がないのに参加するのは良くないとつくづく思う。

両親はがっかりしていた。仲人さんの顔を潰したケースもあった。しかし、結婚の意思がない限り、最初から無理なのであった。

こうして、また会社訪問が始まったのである。

■ついに運命の人が！

日本に帰国して、すでに一か月が経っていた。出張の目的も果たして、アルゼンチンに戻るまで十日を切ったので、再び実家に行った。

翌朝、父親の知り合いの娘さんが両親に会いに来られた。

一瞬彼女を見て、今日まで張りつめていた緊張感が抜けるような感じであった。それほど素晴らしい女性だったのだ。

私は、ＮＨＫの大河ドラマ『新・平家物語』や民放の『木枯し紋次郎』その他のテレビがもうこれで観られなくなる、両親とも最後の別れになる、果たしていつまた日本に帰れるだろう？　と落ち込んでいた。そんなとき、彼女が現れたのである。

私は一転して、なんとか彼女を口説いて結婚してアルゼンチンに連れて帰るという考えに変わった。アルゼンチンに戻るまで、仕事をしながらデートを重ねた。

一緒に家でテレビも観た。連合赤軍浅間山荘事件、札幌冬季オリンピック・ジャンプでの日本選手の活躍するシーンも観た。小柳ルミ子の「瀬戸の花嫁」、吉田拓郎の「旅の宿」が流れていた。

私たちはすっかり恋愛ムードに浸ってしまった。それからデートを重ね、彼女を口説いたのである。

彼女の従妹がイギリス人と結婚しており、本人も海外に住むことに興味を持っていたので、結婚してアルゼンチンに住むことを承諾してくれた。

両親がアルゼンチンまで出てくるのは大変だし、日本で婚約式を挙げておけば安心と考えた。すると両親も喜んで、早速教会で婚約式の段取りを調えてくれ、私たちはそこで婚約の式を挙げたのである。

アルゼンチンの社長も、私が婚約したと聞いて大変喜んでくれた。たぶんこれで私がアルゼンチンでずっと落ち着いて仕事をしてくれるだろうと考えたのであろう。

もはや、日本に帰国して二か月が経っていた。その間、彼女とずっと付き合っているうちに、知らず知らず私の性格は日本人的になってしまっていた。

こうして、羽田空港へ見送りに来てくれた彼女とアルゼンチン式のハグをして、一人日本を後にして、彼女を待ったのである。

家族で暮らすアルゼンチン

■カトリック教会で結婚式

アルゼンチンに帰国後、多忙を極めた。出張中の仕事の整理や、結婚式の準備などがあった。

そうこうするうちにも彼女がいよいよアルゼンチンへ来る日になり、飛行場に迎えに行った。友人もたくさん来てくれた。

こちらの習慣では、結婚式を終えるまで二人は一緒に住むことはできない。彼女はまず仲人になっていただく社長宅にお世話になることになり、私たちはそれぞれ離れて住んだのであった。

式までの日々は、彼女の持参したウエディングドレスを調整したりするなど、結婚準備などで大変忙しかった。

結婚式場は、彼女が日本でカトリックの洗礼を受けていたので、こちらのカトリック教会で式を挙げる了解を得た。

結婚式の費用は、会社が一切負担してくれるということで、大切な会社の取引先を招待

カトリック教会で結婚式。

することになった。

式の当日は、緊張し通しだった。式場の祭壇の前に私は社長の奥さんと立ち、彼女は社長と音楽に合わせて、入り口からゆっくり歩いてきて、待っている私に仲人の社長が彼女を私に託すのである。

神父さんの長い決まり文句を聞きつつ、いつ「si, padre」を言うのか緊張していたが、間違わずに言えた。そして指輪を彼女の薬指にはめ、無事終わった。

結婚パーティーも大変だった。招待客は個人的な友人を除き、すべて取引先の人たちなので、彼女も相当緊張したようだった。招待客が彼女に挨拶に来たので、彼らに紹介した。

最後に二人でワルツを踊り、式場を後にした。皆は出口でお米を撒《ま》いて見送ってくれた。お米を撒くのが、こちらの習慣らしい。その晩はホテルに泊まり、明くる日アルゼンチンで有名な避暑地「Mar del Plata」へ行った。

■結婚後は慎重派に？

さて、ブエノスアイレス市に戻り、新婚気分も冷めやらぬうちに、私たちは少し大きめのアパートに引っ越した。

アルゼンチンの電化製品や台所用品は日本と比べ、大きくて粗雑な箇所もあって、妻からは「使いにくい」と、文句が出た。私は「比べても仕方ない」と怒鳴ったこともあった。妻には一日も早く、こちらの生活に慣れるように気を使った。

妻はスペイン語が話せないので、どうしても付き合いはこちらに住んでいる日本人が多かった。日本食品を専門に販売する車が週二回、自宅に来てくれたので、私たちは日本食を中心に食べるようになった。

妻は日本食品専門の販売店に行くことが多くなると、どうしても日本商社の奥さんに出会うことが多かった。

その当時、商社の駐在員は〝ドル族〟と呼ばれて、大きなマンションに住み、お手伝いさんを雇っており、中には運転手を雇っている人もいた。

奥さんたちは、ご主人が会社に出かけると、集まってアルゼンチン生活の不平を言い、

「何でも日本のものが良いわ」と言っている、との噂《うわさ》が日系人の間に広まっていた。私は、妻が彼女たちと付き合うのはいやだった。

社長の奥さんは妻によくしてくれた。アルゼンチンでの習慣を教えてくれた。私が出張で家を離れるときは、妻を社長宅に泊めてくれたりもした。会社の仲間も気を使ってくれて、よく家に招待し、妻にアルゼンチン料理を教えてくれた。

私は従来から失敗を恐れずに突き進む性格であったが、結婚後は性格が守りに回り、物事を慎重に進めるようになってきていた。友達からは「性格が丸くなってきたようだ」と言われたが、正直あまりいい気分ではなかった。

■家族三人の生活が始まる

住み始めて二、三か月も経つと、妻は一人で市場へ行って買い物もできるようになった。その一年後、彼女は妊娠。幸いにも社員に日系二世の産婦人科医の資格を持った人がいて、何かと相談にのってくれた。

しかし、産婦人科病院は、日本商社の駐在員の奥様たちが通っていたアルゼンチンの病院に決めた。私は、出産まで妻に同行した。最初は言葉が分からず辞書を持って行ったが、だんだんと赤ちゃんの様子やその他の説明を聞くうちに、日本語で通訳できるようになっていった。こうして時が過ぎて、妻の出産が近づいた。

ある夜中、妻が産気づき、私は車を出して慌てて病院に駆け込んだ。待合室でまだかまだかと待つも、何だか時間がかかっているように感じられた。

しばらくすると、看護師さんが片手でひょいひょいと赤ちゃんを抱いてきて、

「元気な女の子ですよ」と、見せてくれた。

病院は三日後に退院させられた。友人の両親が車で自宅に送ってくれ、その夜はお母さんが料理を作ってくれたのであった。

こうして三人の生活が始まった。妻と二人して、なんとか娘を育てようと努力した。

私は定時には帰宅するので、妻が料理している間は娘のお守りをした。

私は子供が好きであやすのも得意だったので、妻は安心して家事に集中してくれた。風呂は私が赤ん坊と一緒に入った。

母乳でなくミルクであったので、飲ませるのは私の役目だった。哺乳瓶一杯のミルクを飲み、ゲップをする。と、すぐに別室に連れて行き、赤ちゃん用のベッドに入れて一人寝かせた。夜中に起きて泣いたことは皆無だった。

私が協力したとはいえ、病気もさせずに、妻は一人で娘をすくすくと育ててあげた。

実際、他に頼れる人もなく二人だけなので、要らない心配をする暇もなく、日本で今問題になっている育児ノイローゼにもならず、楽しみながら育てられたと思う。夫にとっても一緒に子育てするのは楽しいことではないだろうか。

一年後、娘は歩行器に乗って部屋中を走り回った。ベビーゲートにおもちゃと一緒に入れて遊ばせながら、妻は台所仕事をした。

こちらでは、赤ん坊はゲートに入れて遊ばせる習慣があるため、街にはいろいろな形をしたゲートが売られていた。私たちは車の移動のために、大きな持ち運びのできる揺りかごを買い、赤ん坊を移動した。この国で母親が抱きかかえて行動する姿は、ほとんど見受けられなかった。

日曜日は、毎週公園に出かけた。日本人の赤ちゃんは珍しいのか、皆が可愛いと集まってきて、まるで見世物にでもなったようだ。

娘には、ミリアムという名を付けた。アルゼンチンでは、生まれると必然的にアルゼンチンの国籍が与えられ、日本人の名前を付けるのは禁じられていた。学校で先生が、いろんな国の子の名前を呼ぶのは難しいのが、その理由である。

在留日本人の場合は、生まれてから一週間以内に在日本大使館に出生届を出すと、日本人の国籍が取れる。

■二人目の誕生

明くる年、妻は二人目を身ごもった。二人目は日本に帰国して、実家で出産するのが良いと思い、私は彼女にそう伝えた。私自身も内心その方が助かると思ったからである。

ちょうど、こちらに住む日本人が訪日するツアーがあった。妻はそれに加わり、二歳の娘を連れて帰国した。私は一人になり寂しさを感じた。だが、仕事に集中し、独身時代に戻ったようでもあった。

こうして私が一人でアルゼンチンで暮らす間に、妻は日本で二人目の娘を出産した。彼女の手紙からは、実家に帰り、母親と幸せいっぱいで過ごしている様子を知った。長女も二歳になり、「曾孫《ひまご》はやっぱり可愛い」と妻のお祖母さんにも可愛がられ、親子ども日本の生活に慣れて、アルゼンチンのことはあまり気にかけないようであった。

その頃、アルゼンチンはスペインに亡命していた元大統領のペロンが、夫人を連れてアルゼンチンに帰国。ペロン率いる社会主義政党が国会を牛耳った。資本家はアメリカへ逃れたりして政情が不安定になり、街のあちこちで爆弾が破裂した。

妻が娘二人を連れて帰ってきても幸せにできるか、家族四人でこの国で住むことに不安を持ち始めていた。

こうして悩んだ挙句に、私はついに帰国を決心した。

しかし、社長は私が退社して帰国するのを許してくれなかった。だが私は決心した以上、早く帰国して日本での第二の人生を始める必要がある。

最終的には許可を得ることができずに、社長とは喧嘩別れになってしまった。

日本へ出張させてくれ、仲人にもなってくれたにもかかわらず、こんな状態でアルゼンチンを離れるのは申し訳ない気持ちでいっぱいであった。

日本のサラリーマン生活再スタート～サラリーマン社会なんてまっぴら！

■ああサラリーマン出世の見込みなし

七年ぶりに日本に帰国した。懐かしい女房と娘に会い、ほっとした感があった。このとき、私は三十五歳になっていて、完全失業状態であった。

それでもアルゼンチンでの経験で「何とかなるだろう」と、すっかり身に付いたラテン気質で悲壮感はなかった。

私は日本のサラリーマン社会にどっぷりつかりたくもなかったし、出世にも興味はなかった。とにかく、好きなことのみして暮らしたいというのが真情だった。管理職になって、上司と部下との板挟みになるなんて地獄だ。考えただけでぞっとした。

当時のサラリーマンの夢は、会社で出世して、庭付き一戸建ての家を持つことだそうだが、それには全く興味はなく、一般のサラリーマン社会に巻き込まれずに、外から眺めながら働くつもりであった。つまり、五十パーセントは仕事、残りの二十五パーセントは家庭生活、あとの二十五パーセントは趣味を楽しむことにエネルギーを注いだ。

人生において、企業にこき使われるサラリーマン生活より、家庭や趣味の世界に生きる方が、私にはよほど価値があった。実際、終電には疲れ切った顔の企業戦士を多く目にした。

ともあれ、親子四人で楽しく生活するには、仕事はしなくてはならない。私は家族を実家に置き、新聞広告を見て仕事を探し始めた。

アルゼンチンで取引のあった会社が採用してくれるのではないか、という甘い期待もあったが、日本の会社にとってアルゼンチン市場は重要ではなかった。そこで築いた経験と実績は、日本の会社では評価されなかった。

また、日本とアルゼンチンを含む中南米との商売は小さく、スペイン語で商売を伸ばすという売り込みは役に立たなかった。さらに日本の会社は中途採用をせず、三十五歳という私の年齢もネックになっていた。

仕事を探して街を歩いていると、子門真人の「およげ！　たいやきくん」の歌がよく流れていた。それを聞いて、身につまされる思いであった。海の底（アルゼンチン）で楽しく暮らしていたが、いよいよ、また管理社会に入り込まねばならないという心境であった。

テレビではロッキード事件で、田中角栄元首相らが逮捕されたニュースをよそ目に見ながら、まるで外国にでも住んでいるような感覚であった。

■最初の会社に戻る

一か月以上も仕事が見つからない状態で、妻も心配し始めていた。

私は面接試験が駄目な原因は何かと、履歴書を書きながら考えた。その中に職歴の欄があるが、そこに卒業後長く勤めた会社に、きっと私の人物評価の問い合わせがあるのではないかと考えた。そこで、卒業後すぐ入社し、退職願を突き付けた部長に会う決心をした。

電話をしてアポイントを取り付け、部長と面談をした。

私は「アルゼンチンで働いていたが、家族と共に帰国した。仕事を探しているが決まらないので、今後受ける会社から私への問い合わせがあれば、よろしくお願いします」と頼んだ。

すると、彼は突然、

「君！　本音を言いたまえ。実際は、もう一度俺の下で働きたいんじゃないか」と言う。

私は言葉に詰まった。この会社に戻って働けるとは思ってもいなかったのだ。

私は考えた。これはチャンスだ。そして即座に「お願いします」と頼んだ。

すると、部長は、

「よし、待っておれ、俺は社長と話をつけてくるから」

そして三十分後、

「話をつけてきた。あとは人事課長と話してくれたまえ」と。

こうして私は、再びこの会社で働くことになった。かつての私の部下も今では役職に就いていたので、私は「さん」づけで呼んだが、「くん」でいいと気を使ってくれた。私は、それはどうでもよかった。久しぶりに「円」で給料がもらえるのがうれしかった。

ここでの仕事は、私が推す国産品を、アルゼンチンはじめ中南米諸国へ輸出するというものだ。私はアルゼンチンでは日本の商品を輸入して販売していたのが、今度は逆にアルゼンチンへ日本の医薬品、化粧品、精密化学品を輸出するという仕事になったわけである。

仕事を続けたが、現実はそんなに甘くなかった。売れる商品は、すでに大手商社が販売ルートを持っているので、私の会社を通じての販売を認めてくれない。また、まだ販売ルートのない製品は価格が高く、世界の他のメーカーと比べると割高で売れないのだ。

■活躍できる会社

私は他のメーカーを訪問して苦労していたが、ある日、アルゼンチンで販売していた製品のメーカーを訪問して、その会社の課長に会った。

すると、ちょうどその会社ではスペイン語ができ、なおかつ中南米市場に強い人を探していると言う。その課長はスペイン語学科出身で、南米にもしばしば出張していた。私に興味を持ってくれ、

「うちの会社へ来ないか？　君と二人で、中南米を開拓しようじゃないか」

との誘いもあった。さらに、

「早速、うちの社長が面接したいと言うので、明日来てほしい」と。

こうしてその会社の社長と面談の結果、その社長は私の経歴と経験を気に入ってくれ、即採用してくれたのだった。

しかし、日本へ帰国後採用してくれた部長に対しては、まだ入社して四か月で今すぐ辞めるということはどうしてもできなかった。

その一年後、私は伝える決心をした。部長室へ行き、私は土下座をして、「申し訳ない。せっかく帰国後雇っていただいたのに、ここを退職して他の会社で働きたい」と、許しを乞うた。

部長は「仕方ない。そこまで決心が固ければ、その会社で働きなさい」と了承してくれた。

こうして、私は新しい会社で仕事をスタートしたのであった。

新会社の社長は私を大変歓迎してくれて、入社後すぐに、アルゼンチンをはじめ中南米諸国への出張を許可してくれた。会社は精密化学品のメーカーで、食品添加物、化粧品添加物、それに動物薬品を製造していたが、中南米の国には販売できたので充分活躍できた。

新しい会社には、海外に工場を建設するプロジェクトがあったが、私は輸出の仕事をしながら、このプロジェクトに参加し出張を重ねた。そして、その計画は進行し、タイに工場を建設するまでになった。

新工場の場所の最終決定のために、日本から社長夫妻を招いた。しかし、接待中にご無礼を働き、即、帰国命令が出た。これによって、人事評価ではブラックリストに載ってしまったのであった。

しかし、職場では中南米諸国との商売において、最前線で暴れることができたと思っている。

■こうしてストレスを回避した

私は日本のサラリーマン生活において、ストレスはなかったと言えば嘘である。けれども、私は悩まなかった。なぜならば、端《はな》から出世は諦めていたし、解雇されなければいいのだという考えで働いた。したがって、悩まずに挑戦的に対処できたのだ。

私の販売地域は中南米諸国がメインであり、ブラジル、ベネズエラ、アルゼンチンの販売先が倒産し、代金の回収ができなかったケースもあった。

だが、ＭＥＴＩ（Ministry of Economy, Trade and Industry）の輸出手形保険を付保し、現地で管財人を任命して破産証明を提出すると、保険金が下り、一応の解決を見たのである。

当時、キューバの厚生省に医薬品を輸出していたが、キューバ国がドルの保有高が限りなくゼロに近づきモラトリアム寸前に陥って、代金は焦げ付き回収不能になった。

そこで私が港区東麻布のキューバ共和国大使館の通商部の担当者を六本木の超豪華なレストランに招待して、なんとか送金してもらい解決した経験もあった。

また、アルゼンチンの販売先が資金困難になり、大きな焦げ付きをつくった。社長には「倒産して、新しく会社を創設したら応援するから」という名目で、同社の残っている代金のほとんどを勤務先の会社に送金するということで解決したケースもあった。

その他の悩みは営業会議である。私は、テレビで自民党の国会議員が野党に責められている画面を見ると、いつも会議の場面を思い出す。なんでそこまで追及するのかと思うが、私のサラリーマン時代も販売目標を達成しても、「なぜ販売予定額をオーバーしたかを分析せよ」と迫られて困った。

私はそこで、完全に理論武装をするように試みた。本屋を歩いて〝論理的〟というタイトルの本はすべて読みあさった。最後には資料の作成もどこから突っ込まれても大丈夫というように、かつ、物語を書くように楽しみながら書いて会議の席で発表したのである。

■子育てについて～家庭では笑みを絶やさず

二人の娘の育て方については、妻とよく相談した。娘たちの一番の幸せは、結婚して家庭を持ち暮らすことだという意見で一致した。家族一緒の食事と団らんの場が大切なのだ。妻には、不平や不満は直接私に言って、母として毎日イキイキしながら家事をこなし、楽しく生活を送るようにも頼んだ。

一方、私は仕事で嫌なことがあっても、夕食の席では努めて笑みを保つよう努力した。私たち夫婦の共通の趣味は水泳である。二人でスイミングプールへよく行った。娘を交えた団らんの場では、「どちらが格好よく、速く泳いだ？」と笑いながら話し合う。

時が流れ、娘たちは学校を卒業し就職したが、二十三歳と二十五歳で、私たちの希望どおり「お父さん、お母さん、お世話になりました」と結婚して家を出て行った。もし息子がいたら、会社の仕事はこんなに楽しいよ、と私は背中で生きざまを見せられたと思う。

結婚式の前夜、結婚する娘と一緒に、両親に贈る言葉は涙を頂戴するような調子にした。普通、お父さんは式場で涙を流すのだが、私は達成感で喜びが顔に出ていたのか涙も見せず、友達に不思議がられた。

「私は青春時代、彼女がたくさんいたからねぇ」と答えておいた。

■定年後も特技を生かして海外へ飛び出す

私は六十歳で定年を迎えた。だからと言って、隠居生活などまっぴらご免である。サラリーマン時代から考えていたＪＩＣＡの海外シニアボランティアに応募して採用された。サラリーマンとしての資質には欠けるが、私の経験と実力を正当に評価してもらったことに感謝している。

二〇〇二年から二年間、中米ニカラグアで特産物のゴマを、日本市場にいかに輸出促進を図るかを具体的に説明し、輸出実績を挙げた。

また、二〇〇四年から二年間、アルゼンチンでの貿易指導を行い、特産物であるワイン、乾燥プルーンの販売促進のために輸出促進セミナーを開くなどの活動を通じて、輸出実績を挙げることができた。

三回目の活動は、二〇〇九年から二年間、マヤ文明の遺跡で有名な中米グアテマラでの貿易の指導であった。この国の特産物はコーヒーと観葉植物である。これらの商品の輸出促進を行い、実績を挙げたのである。

■メキシコの工業高校勤務

二〇一二年から二〇一四年まで、四度目のボランティア活動はメキシコへ派遣された。業務は品質管理、市場開発の専門家と共に、現地の高校で行った。

卒業生及びご両親参加しての卒業式の風景。

まずトヨタ自動車が品質管理で用いた「5S活動」（整理、整頓、清掃、清潔、しつけ）のしつけと整頓の理論を利用して学生をリードし、同時に卒業生には、卒業後いかに会社を立ち上げるかを教えた。

生徒のしつけの一環として、授業が終わった後に、教室を少しきれいにするように頼んだが、生徒の母親からクレームが出て駄目であった。ただ、退校時に黒板に書かれた文字を消すことはしてくれた。

さらに学校の倉庫の整理整頓を指導した。不要な物には赤、必要な物には緑、検討中の物にはオレンジのカードを付けて、不要な物を全部運び出し、残った物をきれいに並べることを一緒に行った。その結果、整理整頓できた倉庫を見て、校長先生は喜んでくれた。

だが5Sの理論を説明したが、完全には理解されなかった。しかしながら、この5S理論はメキシコの教育庁で話題になって、全高校に取り入れようという検討までなされたと聞いている。

こうして、私たちのボランティア活動は学校でも評価された。卒業式のときに壇上に上がり、私は卒業生の家族の前で挨拶もした。日本式の挨拶が受けたかどうかは分からないが、卒業生には一緒に写真をと頼まれたこともあって、私は大変満足であった。

§3　海外ボランティアとリタイア後の楽しみ方

ラテンの女性とダンス

■ダンスで大家さんの心を融かす

　前述したように、私は二年間、ニカラグアへ派遣された。ニカラグアは、太平洋とカリブ海の間に位置する中央アメリカの国で、大きさは九州と北海道を合わせた程度。私は、この国のコーヒーとゴマの日本向け輸出サポートのために、ＪＩＣＡのシニア・ボランティアとして派遣された。

　ニカラグアは過去大きな地震があったため、安全な地域で管理充分な住宅を探すのは至難の業であった。しかし、幸いにもバスタブ付きの一軒家が見つかった。家賃もＪＩＣＡの規定料金内で借りることができた。

　オーナーは、別にホテルを経営している金持ちであった。奥さんはスペイン系の、黒い瞳と黒い髪の大柄な女性で、弁護士としても活動されていた。地域では女性ボス的存在で、教育委員長の役を務めていた。

　しかしながら、お金の出し入れには細かく、家の冷蔵庫が壊れたり、天井から雨漏りがしても修理してくれない。結局、最後には生活するのに不便なので、私の負担で修繕をし

マンションの大家さんの奥さんと踊っている。周りには TV の撮影隊が我々を撮影している。

ていた。なぜなら、彼女と議論しても、こちらの主張は当然受け入れず、歯が立たなかったのである。

土曜日の夜、このホテルの一階に大きなカラオケバーを開く、と言うので、開店パーティーが開かれたのであった。料理はバイキング形式で、招待客たちがテーブルに座って歓談していた。

かなり時間も過ぎた。音楽が鳴って、ダンスタイムが始まった。

テレビ局のスタッフがダンスパーティーを撮影していた。

大家の奥さんは一人テーブルでビールを飲みながら、寂しそうに皆が踊っているのを見ていた。私は早速、

「セニョーラ・カルメン、一緒に踊りましょう」と声をかけて、一緒にサルサのステ

ップを踏んだ。二人で存分に踊り、汗を流していたが、急にセリーヌ・ディオンの「My Heart Will Go On」がかかると、私はご主人に気を使いながらも、彼女を前後左右、そして得意なリバースターンで彼女をぐっと引き寄せ踊った。

きつい彼女の目が少し閉じられ、うっとりしているのが分かった。横からはビデオ撮影が始まっていた。

パーティーは夜中にお開きになり、明けて月曜日。勤務先で「おはようございます」と声をかけると、一人社員の女性が、

「昨夜テレビで、あなたに似た人が楽しそうに踊っていたよ」と。

それ以後、勤務先の通り道にあるホテルを通るたびに、窓から奥さんが顔を出し、「セニョール・真下、元気？」と声をかけてくれるのである。その後は家に何か不都合があっても、すぐに修理してくれるのだった。

ダンスが取り持って二人の間は緊密になり、彼女は何でも聞いてくれるようになった。

■どんな言葉よりダンス

二人のボランティアと共に、二年間メキシコの工業高校へ派遣された。

一人は、海外技術指導経験豊かな品質管理者で、もう一人は楽器メーカーでニューヨーク、オーストラリア駐在の経験のある方であった。

メキシコの工業高校へは、品質管理で有名な５Ｓ活動と、もう一つは高校生が卒業しても就職口がないので、自分で起業するための二つのテーマで派遣されたのであった。

私たちは、先生方に理解してもらい活動をカリキュラムの中に入れてもらうために、５Ｓ活動（整理・整頓・清掃・清潔・しつけ）の詳細を通訳。他の活動は、卒業生がいかに起業をするかを細かく説明したのである。

講義は大変だった。専門用語が飛び交うので、私も通訳に苦労した。先生方は疲れてきて、だんだん参加者人数が減ったりもしていた。

十二月に入り、先生たちがクリスマスパーティーを開いた。

私は日本から持ってきた侍のカツラと女性のカツラを先生方にかぶってもらって、一緒に写真を撮った。そしてそれをつけながら、皆と、サルサやメキシコの有名な作曲家、Armando Manzanero の「アドーロ」のスローテンポな曲でよく踊った。

その中に一人、事務員の女性がいた。一人で寂しそうにコーヒーを飲んでいたので、私が彼女に声をかけて一緒に踊った。

ところが彼女が踊りだすと、顔が明るくなり、腰も上手に振り、リズムに合わせてサルサを踊るではないか。今までの彼女とは違う姿を見て、先生方もびっくりし、盛り上がった。

彼女は大柄でなく、背丈も私たちと変わらないので、久しぶりに日本女性と踊った気分になった。

このクリスマス・ダンスパーティー以後、先生との間はより緊密になり、先生方は私たちの講義に積極的に参加してくれるようになった。

ダンスを一緒に踊ったことで、さらに交流が深まったのであった。

グアテマラのお手伝いさん

■グアテマラ料理も美味《うま》いが……

私が海外に住んで一番困ったのは、食事であった。

元から胃腸は強くなかったので、日本食がないと生きてはいけないというふうである。

ＪＩＣＡのシニアボランティアで海外に派遣されたが、これが一番の心配の種だった。

この状況下で、グアテマラで二年間の活動をしたのだ。

グアテマラはメキシコの南にある中米の国で、火山、熱帯雨林、古代マヤ文明の遺跡で知られている。人種はマヤ系先住民が大半を占める。

会社人間であった私は、料理をしたことがない。そこで、お手伝いさんを雇うことになった。彼女はちぢれた髪と太い腕をした五十代の女性で、名前はマリアといった。

仕事は、月曜日から金曜日まで、朝十時から午後五時までとし、ベッドメーキング、食事、洗濯等すべてやってくれた。

彼女の得意料理は「タパド」というグアテマラの伝統的なスープ。タイやカニ、エビ、それにバナナ、玉ねぎ、トマト、ピーマンを圧力鍋に放り込み、これにオレガノやバジル、塩とココナッツミルクを加えてグツグツ煮込む。たくさんの具から出る味と、ココナッツミルクのまろやかさと合って、とてもおいしい。

その他、トルチージャ、イラーチャ（肉を細くさいてスープと煮たトマトスープ）……。

■やはり和食が食べたい～そこでユーチューブで指南

だが、いつもグアテマラ料理を食べていると、日本食が恋しくなる。やむにやまれず、持参した色彩の美しい『和食の友』の本のページをめくるうちに、カラリと揚がったエビ、野菜のかき揚げの天ぷらの写真が目に入る。

「うー美味そう」見るだけで生唾が出てくる。

ユーチューブで天ぷらの調理方法を検索する。画面に出てきた白い服の調理人が手さばきよくエビに衣をまぶし、油の煮えたぎったフライパンの中に入れる。

「ジュー」という音とともにカラリと揚がる。

マリアに画面を見せながら、「作り方、分かった？」と聞くが、不安げな顔をしている。もう一度見せると、「何とか分かったみたい」とうなずく。

そこで二人して台所へ駆け込む。彼女がエビ、ブロッコリー、それに野菜のかき揚げを用意した。箸が使えないので、手で具材をそっとフライパンに入れるが、油が飛び散って彼女の指にかかる。「熱い！」と手を振る。

やがて、こんがりと揚がってきたが、彼女はフライパンから後ずさりして取り出さない。そこで、私が箸でおそるおそる取り出し皿に盛る。天つゆは当地のスーパーで入手した日本のお醤油や、ダシの素、みりんを合わせて一煮立ちさせて作る。カラリと揚がった天ぷらをかごに盛り、大根おろし、天つゆで食べた。

味噌汁は、数少ない行きつけの日本食レストランへ彼女を連れて行き、店のオーナーに作り方を「教えてください」と頼んだ。

ご飯は持参した炊飯器で炊けた。魚はタイ、ホッケ、サバを魚焼きあみでＯＫ。慣れてくると、豆腐から油揚げまで作った。

日本からそばつゆの素を持ってきていたが、豚足がスーパーにあったので、彼女がこれを使って似た味のものを作ってくれた。細いスパゲッティは、そうめん代わりに頂いた。

メロン、マンゴー、グレープフルーツは日本の十分の一ほどで買えたので、毎日の朝食にフルーツ盛り合わせを食べた。ショウガが安く手に入ったので、甘酢漬、醤油で煮つけをたくさん作り、毎日食べた。

■自信をつけたお手伝いさん

ある日、彼女が料理をするのが嫌になったと言うので、

「いったん日本食を覚えれば、食いはぐれないよ。日本からの駐在員のお手伝いさんにも

なれる」と言うと、彼女は目の色変えてそれ以後、熱心に料理をするようになってきた。しかし、態度が大きくなってきた。

「市場で買い物していたら、日本のおなかが大きい中年のおばさんが、どこで働いているの、と聞いてきたよ」

彼女が大根や白菜を手に持って歩いていたので、日本人の家で働いていると分かったのだろう。

困ったのは、市場で野菜、魚、果物、何でも大きい方が経済的で良いと確信していて買ってくることだ。ある日、とてつもなく大きなブロッコリーを買ってきたので、私も堪忍袋の緒が切れてしまった。

「貴方の家で食べるのは大きいのがいいかもしれない。しかし私は小さめが好きだから、そのように料理をしてくれ」と頼むと、突如顔色を変えて、家へ帰ってしまった。

明くる日も来ないので、私はすっかり困り果てて、「タクシー代を払うから来て」と頭を下げたこともあった。

しかし、こうしたおかげで、毎日日本食が食べられたのであった。

■お手伝いさんと人生相談も

グアテマラではお手伝いさんの職業は、主婦のいい仕事であった。給料も円貨では毎月二万円だが、現地の通貨では家族四人を養うには充分であった。マリアは離婚して三人の子供を養っていた。

彼女とは人生について話をしたことがある。主人が暴力を振るったので別れたという。理由を聞くと、

「あんたが甲斐性がないから私が働くのよ」と繰り返し言ったそうで、私は、「あんたも一部悪いから、もう一度一緒になったら？」と口出しをした。

また、娘が海外から演奏に来ている青年に誘われて困っている、と聞き、知り合いの不動産業者は顔が広いから、見合いの相手を探してもらったらどうか、とサジェストした。だが、マリアはそれを彼女に話したために、大喧嘩になってしまったとか。

障害のある息子が一緒に食事をしないと言うので、「一緒にしてあげたら」とアドバイスしたら、それ以後、この息子も喜んで家族で一緒に食事をしていると言う。

こうして二年間マリアと接して分かったのは、彼女は字が書けない。

私は、買物を頼む際、大根、ニンジン、ショウガなどと書いて、買い物リストを作って渡していたが、それを彼女はすべて記憶していたのであった。

マリアは日本料理が上手いという評判は、ＪＩＣＡのボランティアの間で広まり、所長の奥様が、私が帰国した後、ぜひ雇い入れたいと言っていた。そのために、一度彼女の料理を食べたいと言ってきたので、マリアに伝え、日曜日の夕食に招待した。

マリアは腕を振るって、天ぷら、焼きナス、焼き魚（タイ）、味噌汁も準備した。

彼女をすっかり気に入った奥様は、私の帰国後、彼女を雇い入れたと聞いた。

当時、グアテマラの物価は日本の約六分の一で、彼女の給料も一か月二万円であった。

日本ではこうもいかないが、万が一、グアテマラでは一人でも、お手伝いさんがいれば何とかやっていけるな、と自信がついた。

怖い出来事

左記の体験は、私がそれぞれ住んだ国での出来事だが、いつも起きている事件ではなく、たまたま私が滞在時に遭遇した事件である。

■ニカラグアの家に泥棒侵入

ニカラグアには、二年間住んだ。首都マナグアでは、地震のために建物がすべて潰れてしまって、三階建て以上の住宅は市内にはほとんどない。したがってマンションではなく、一軒家に住むことになった。

治安が悪いため、ＪＩＣＡからはガードマンを付けるように勧められた。ボランティアの場合は、一部の費用を払う必要があった。

探し回った挙句、一軒の住宅を見つけた。裏庭は高い塀に守られて、梯子《はしご》なしでは入れない建物だった。私は用心のために、その塀の上には有刺鉄線を付けた。そして、ピストルを持ったガードマンを雇い、正面の門の前に立ってもらった。

ガードマンは警察か軍隊を退職した人が働いていて、男性にとってはいい仕事であった。

彼らは大きなセキュリティ会社に雇われていて、ピストルはガードマンが警備する家以外は持ち運びを禁じられ、その会社が車で彼らに届けていた。そして仕事が終わって家を出る前に、ピストルは回収される。

私の家は裏口があり、ドアには錠前が付いていた。その鍵は、離れた台所の流し台の上の壁にかけてあった。

ある日、真夜中にバーンと、大きな音が裏口からした。泥棒が侵入したようだ。私はベッドの中で震えていた。私のベッドルームには鍵がなく、内側から掛けられないのだ。しかしベッドルームまでには少し距離があったのだろう。幸いにもベッドルームに来る気配はなく、しばらくして出て行った。私は怖くてベッドの中から出て行くことができず、朝まで眠ってしまった。

翌朝、お手伝いさんが来て、私に、

「セニョール・マシモ、炊飯器と扇風機がなくなっている」と言った。泥棒はこの二つだけを盗んで行ったのであった。それからは、裏口と玄関にも、大きな警報器を付けた。

そして数か月後も、また裏口の錠前が開けられたのである。どうして開けられたか分からないけれども、開けると途端に大きな音が鳴り、泥棒は慌てて逃げ去った。その後をガードマンが追いかけて、空に向かって二発発砲した。

それ以後、私はタクシーで帰宅するとき、いつも二、三軒手前の家の前で降りるように

ニカラグアの自宅に、裏口から泥棒が入り、大きな扇風機と炊飯器がなくなっていた様子。

した。タクシーの運転手に、私の住家を知られたくなかったのである。

■コパカバーナの少年ギャング

私の友人が出張で、リオデジャネイロの有名なコパカバーナの海岸のそばに立つホテルに泊まっているので、会いに行った。

二人で午後一時頃ランチを食べた後、バスタオルを海岸に敷いて海を眺めていた。午後にしてはほとんど人がいなかった。

この海岸にはよく泥棒が出没して、海水浴の客が襲われる、と言われていたが、その事実を私たちはまだ知らなかった。

二人が休んでいると、十五、六歳の少年が五人ずつやって来て「今何時か」と聞いてきた。私は腕を上げ、時計を見た。その瞬間、あっという間に私たちは両手両足を

ブラジルのコパカバーナの海岸でバスタオルを敷いて座っていると、5人づれの少年に両足を抑えられ、割れたビール瓶を首に金を要求されている姿。

抑えられ、もう一人の少年が割れたビールビンの尖《とが》った先を首に突き付けて、

「マネー、マネー」と叫んだ。

私はとっさにスペイン語で、

「すべてを持って行け！　だが命だけは駄目だ！」と叫んだ。

すると、その少年は私の体中のポケットを探り、すべて取り出し、腕からも時計を引ったくって、あっという間に逃げ去ったのだ。

助かったのは、私がポケットに少しばかりお金を持っていたからだ。もし何もなかったら、腹を立ててグサリ、ということもあると聞いていた。子供たちは皆うれしそうに駆け出して行ったのであった。

教訓としては、「出かけるときはいつも、小銭はポケットに待っていくこと」だ。

■アルゼンチンのマンションでお金を盗まれる

私は結婚後、アルゼンチンの首都ブエノスアイレスでマンションを借りて住んでいた。鍵は管理人が持っているのは知っていた。私たち夫婦は、日曜日は必ず車で出かけて、帰りは午後六時頃だった。現金はタンスの引き出しの奥の方に入れていた。

ある日曜日、家に帰ってお金を見ると、半分になっていた。翌朝、その管理人に挨拶をしたが、何も言わない。

管理人はきまり悪そうな顔をこちらに向けたが、済んでしまったことだし、それ以上問い詰めるのは危険なので黙っていた。

そうこうするうちに、管理人は奥さんと離婚して、ここを辞めて出て行ったのであった。彼とは私がマンションに入居した当初は馬が合い、仲良かった。彼に魔が差したと思う以外にない。

教訓としては、「必ず入居する前に、その鍵を取り替える」。

■ニカラグアでの待ち伏せ

私の住んでいる家から職場までは、歩いて二十分ぐらいの距離であった。毎朝、歩いて出かけるが、いつも決まった場所辺りに一人の怖い男が待ち伏せしているのだ。

彼はドラッグをやっていて、お金を出さないとナイフでやられると聞いていた。恐ろしいので時間を変えて違う道を行っても、いつも待ち伏せてお金をくれとせがんでくる。ブルブルしながら歩くのは神経がもたなかったので、私は、あるときからいつも小銭を持って行き、私の方から彼に声をかけて小銭をやるようにした。

こうすることによって、突然後ろから呼び止められたり、脅されたりすることはなくなった。

そうこうするうちに、ある程度彼とも親しくなり、私に対して怖い顔を示すこともなくなり、私は安心して職場に出かけられるようになった。

教訓、「向こうからお金を出せと言われる前に、こちらから渡す」と気が楽になる。

■小切手を切るときは気をつけよう

グアテマラに住んでいるとき、私は支払いにドルの小切手をよく使っていた。ある買い物をした際、八五〇ドルの小切手を切り、金額欄に数字を書いた。

しかし、ネットで支払いの詳細をチェックすると、二八五〇ドルも使われていた。

早速銀行に出かけて、その小切手のコピーを見ると、「$850」の左端に「2」の数字が追加され「$2,850」になっていたのである。

教訓、「小切手を書くときは、左に詰めて書く」。

■南米にいる尻尾の長い動物に注意！

グアテマラのマヤ文明の遺跡で有名なティカル国立公園に、妻と一緒に出かけた。パスポートはいつも持参せよということで、妻は袋の中に、お菓子と飲み物と一緒に入れて持ち歩いた。

遺跡を巡って二人とも疲れたので、公園にあるベンチに座って休んでいた。ところが、後ろから一匹の尻尾の長い動物が妻に近づいてきて、その袋をひったくって行ったのだ。この動物は小山の方へ走り去った。私が公園の管理人に声をかけると、彼はその後をずっと追いかけて行った。この動物は小山にある木に登り、そのお菓子を食べていたが、彼が何やら叫ぶと袋を投げ出したので、パスポートは無事戻った。

その動物とは、この地に生息するサルか⁉　いまだに正体は分かっていない。

教訓、「パスポートは、お菓子と一緒の袋の中に入れて持ち歩かない」。

■車の運転に大汗

アルゼンチンで運転免許を取るためには、まず市内にある教習所に通わなければならない。私は日本で免許証を持っていなかったので、ゼロから学んだ。

部分の名前、それから操作もスペイン語であったが、それらは日本語でもよく意味が分からない。ギアの入れ替え、それからブレーキ、前後左右と、スペイン語で言われるとパッと反応できない。本当に苦労して何回もテストを受けるが、ＯＫにならない。大事なのは車寄せ、つまり道路での縦列駐車である。さらに、いったん駐車してまた出るのが一番難しい。教習所の先生はなかなかＯＫをくれない。

そこで、はたと気がついた。

「たぶん日本のお土産をあげればいいのじゃないか⁉」

果たして、これを渡すと、すぐＯＫを出してくれた。

のちに陸運局に出向いて、そこのコースでテストを受けなくてはならないが、構造の試験はなかった。検査官が横に乗り、コースを一周する。その間に縦列駐車、踏切の走行、坂道発進である。

何とか一周できて試験にパスした。どうやら陸運局と教習所は親しい間柄で、教習所の先生のＯＫがあれば、ほとんどパスするみたいであった。

日本でかなり運転していた友人が試験を受けたが、なかなかパスしなかった。

しかし、ほとんど街を走ったことのない者が免許を取っていきなり街に出ても、怖くて前に進めない。繁華街での道路の縦列駐車は、対向車を一時ストップさせるので慌てる。信号も少なく、四つ角を横切る際は右側の車が優先だが、まず運転手の顔を見る。次に大きな車が先に出るのである。

ブエノスアイレス市の道路は碁盤の目のようになっていて、車道と歩道が分かれているので、人を撥ねる心配はない。人身事故はないが、車同士の衝突はしばしば見受けられる。私もタクシーの後ろにぶつけて、バックをかけても、なかなかバンパーが離れられない。すると、運転手が降りてきて私の車でバックをかけ、二台の車は無事離れたということもあった。

ただ、ぶつけても車保険があったので諍《いさか》いにはならなかった。ぶつけた場合、自分の保険番号を言えば相手もその保険で修理するので、大声での喧嘩にはならなかったのである。

私は、助手席に会社の友人についてもらって、いつも仕事が終わってから街を走らせたのであるが、終わると背中に汗がびっしょりであった。信号で停止後、発進するときに時間がかかり、後ろからクラクションを鳴らされた。坂道で止まると、ギアが上手く入らず、バックして後ろの車のバンパーにぶつけたりもした。

一番困ったのは、やはり路肩への縦列駐車である。後ろに車が何台も繋がっているときに駐車する際、どうしても後ろの車をストップさせる。慌てると余計、車同士の間にすっぽりと入らない。また、駐車後に車を出すときも大変、駐車している間に、いつの間にか前後の間隔がほとんどなくなっている。仕方なくバンパーで前後の車を押して出るのである。

アルゼンチンの車はほとんどヨーロッパ製で、アメリカ製はあまり入っていなかった。ドイツのフォルクスワーゲンのビートルがよく走っていて、日本の車は皆無であった。

ブエノスアイレス市では地下鉄がすでに走っており、市内の多くの場所へは地下鉄で行けた。しかし、車両はイギリス製で古く、扉は自動だが故障していて、手で力いっぱい開けなければならず、公衆の面前でマッチョかどうかを試された。

市内バスも走っていたが、男性が乗り降りする際にはほとんど停車せず、スピードを落とすだけなので、飛び乗ったり飛び降りたりするのが常であった。降りるときは、左足からでないと引っくり返るので命がけである。

■怖いタクシー

ニカラグア、グアテマラでは夜はもちろん、日中でも街を歩くのは危険であった。中流以上の人が立派な服を着て街を歩いている光景は、ほとんど見なかった。

私もＪＩＣＡのシニア・ボランティアで、二か国にそれぞれ二年間、合計四年住んだときは、車が持てないのですべてタクシーを利用した。

ニカラグアでは、タクシー運転手は運輸省に登録してなくても走れる。また、タクシーにはメーターもついていない。乗る前に行き先を告げて料金を交渉しなければならない。

乗車すると、運転手はクラクションを鳴らしながら、近づいてくる別の客を乗せる。つまり、知らない客が乗ってくれば相乗りになるのだ。あるときは、怖い顔をした二人の男性に両側からはさまれ、途中で降りたこともあった。

友人に、どうすれば一人で乗れるかと尋ねると、

「乗る前に料金の二倍を払うといい」と。こうして一人だけで目的地に着けた。

まず行き先も、有名なホテルとかショッピングセンター以外は、行く道を指示しなくてはならない。いつも市街地図を持って、後ろから左右どちらに行くか指示するので、とても疲れた。かと言って、バスには絶対に乗れない。スリがいるのだ。

タクシーの運転手は、時々バスストップに座っている人を指さし、

「彼はスリで一日中バスに乗って、生活のためにスリを働いている」と言っていた。

グアテマラでは、「ラジオタクシー」といって電話で呼ぶことができる。メーターも付いているので、行き先を告げて値段を交渉しなくてもいいので助かる。

問題は携帯で直接運転手にかけなくてはならないので、なかなか繋がらず、つかまえるのに苦労する。どうしても見つけられない場合は、街を走っている無認可のタクシーに頼むしかない。

ある日、お祭りに広場へ出かけ、帰る際にラジオタクシーが見つからず、仕方なく自宅まで無認可のタクシーを頼んだ。けれども夜も遅くなって、どんどん郊外の方へ離れて行く。

「今、どこを走ってるのか？」とか聞くが、一切返事をしない。

夜中だったけれども、携帯を取り出して大家さんに電話し、訳を話した。

大家さんは、

「私が携帯で話すから、これを運転手の耳元に持って行け」と言うので、そのとおりにした。

何をしゃべっているか分からないけれども、その後、運転手は大きなショッピングセンターに連れて行き、そこで私を降ろしたのであった。

後で大家さんに聞いたところ、「警察に知り合いが多いので、数台のパトーカーで追いかける」と言ったそう。

教訓、「携帯は命を救ってくれる。乗る前に忘れないように」。

メキシコも、グアテマラと同じくラジオタクシーと無認可のタクシーがある。

ラジオタクシーはいったん会社に電話して呼ばなくてはならず、なかなか来ないので、ときには無認可のタクシーに乗らなくてはならない場合もある。

無認可のタクシーにも一応メーターがついており、乗る前に値段の交渉はいらないけれども、これもまた行き先が分かりやすいところでなければ、こちらから指示をしないと行き先には行ってくれない。

特に気をつけなければならないのは、最初乗るときに必ずメーターを見ないといけないことだ。乗る前からメーターを上げたままで出発し、あとで到着時に法外な運賃を支払わなくてはならないことがあるからだ。

ある日、郊外の大きなショッピングセンターに行った帰りに、タクシーがどうしても見つからなかった。一台だけがぐるぐる回っていたタクシーの運転手の顔を見ると怖そう。しかも車が古かったのでそれには乗りたくなくて、他を探した。

だが見つからず、結局このタクシーに乗った。

乗ってから私は、自分が日本からのツーリストではないと分からせるために、しゃべりまくった。

「結婚しているの？」「子供は何人いるの？」

家庭のことや子供のことを聞いていると、彼も一生懸命に生活しているのが分かったので、少しは気が楽になった。

降りる際に、

「実は、最初乗ったときに怖かった」と言ったら、運転手も同様に、

「あなたを乗せたときに、後ろから首を絞められるんじゃないかと怖かった」と。

お互いに顔を見合わせて笑ったのであった。

メキシコの飛行場には、航空タクシーがあって、タクシー代を支払ってからその行き先

までのチケットをもらい運転手に渡すので、安心だと言われている。

ちょうど日本から戻ってきた際、食料品をいっぱい詰めたスーツケースを二個持って空港からホテルまで乗ったのだが、発車間際に一人のメキシコ人が、「家に帰るから一緒に乗ってもいいか」と無理やり乗ってきた。

発車したが、運転手とメキシコ人は何かこそこそと話している。どうやら私が観光客で日本からたくさんお土産を持ってきているので、どこかで降ろそうという相談をしているみたいなのだ。

私はびっくりして携帯を取り出して、

「ホテルで待っている友達がいるから電話するよ」と独り言を言い、

「飛行場からタクシーに乗っているけれども、運転手の後ろに一人で乗っているので怖い」と伝えるふりをした。運転席の後ろには車のナンバーが出ていたので、その番号も伝えた。

それが功を奏したのであろう、運転手は無事に私をホテルにつけた。これも携帯のおかげで助かったのである。

■自宅でダンスパーティー

ニカラグアに住んでいるときに、よく自宅に友達や勤務先の同僚を招待してダンスパーティーを開いた。この国では金曜日、土曜日の夜はダンスパーティーを開く家庭が多い。

そのため、ダンスパーティーのすべてを受け持つ業者があった。

そこに申し込めば、大きなスピーカーを三、四台用意して、パーティー会場に運んで設置してくれる。しかも、そこでかけるCDを数十枚も持ってきて、ディスクジョッキーもやってくれる。時間単位にお金を払うのであるが、通常、真夜中まで続くのである。

当日は、ダンスが始まる三十分ぐらい前から大音量で音楽を流す。そうすることによって、招待客はどの家でやっているかを見つけることができる。隣近所もお互いさまということで文句を言わない。もうその夜は覚悟して、我慢しなければならないのである。

■ガードマン、ピストルを抜く

ある日、我が家でダンスパーティーを開いた。

この日、ガードマンには、ダンスパーティーの招待者の駐車や管理に相当力を注いでくれるので、チップをはずんだ。

ダンスもたけなわで楽しんでいるとき、ひとりの招待客が慌ててこちらに来た。ガードマンが酔っ払ってピストルを抜いていると言う。私はびっくりして、早速彼を雇っているセキュリティ会社に電話した。

すると、すぐにその会社から数人が現れ、その酔っ払っているガードマンを捕まえて、

その門の外でガードマンがピストルを抜いて踊っている姿。

ピストルは取り上げ、車に乗せた。

どうやら、彼はすぐ解雇されたみたいである。

そのガードマンは、帰りがけ、私に文句を言って突っかかってきた。

「あなたが私にお金をくれたから、こんなことになった」

変な言いがかりである。しかし私はパーティーが終わった後、よく考えた。たぶん彼は、今後生活に困るだろう。そうなると私は恨まれる。外国人が外国に住んでいて一番怖いのは、恨まれるということである。

私は決心して、彼を雇っているセキュリティ会社に出かけ、前夜のパーティーの模様を説明した。そして、ガードマンはよくやってくれたので、どうか解雇しないでほしいと頼んだのだ。

すると、その会社の人事部の人も私の要求を叶えてくれて、早速彼を呼び出して解雇を取りやめた。

彼とは「いろいろありがとう」と言ってハグして別れた。

教訓、「住んでいる国の人の恨みを絶対に買わないこと」である。

ラテンアメリカで罹《かか》った病気

■おしゃべりしながら治療

アルゼンチンの牛肉は軟らかいが、ニカラグア、グアテマラ、メキシコのはたいそう硬い。それに、ケーキやお菓子はすごく甘いので、ニカラグアでは歯医者にかかることが多かった。

私は、安心できる歯医者に通いたかったので、大使館に電話をして大使が通っておられる歯科医を見つけ、多少治療費が高くてもそこへ行くことにした。

このニカラグアの歯科医は、フランス語、英語に堪能な女性のお医者さん。アメリカで資格を取ったということである。

私は奥歯が痛くなったので、その歯科医に通院することにした。

エックス線写真を見るなり虫歯ということで、そこを削って詰めることになった。麻酔注射を打たれると、顔全体が何か痺《しび》れるような感じだった。そして虫歯を削り始めた。

横にはもう一つの治療用の椅子があり、そこでも歯科医が他の患者の治療中であった。

歯科医はスイス人で大柄。大きな手を私の口に入れようとしている姿。

だが、彼女は横の歯科医としゃべりながら、私の歯を削るのだ。ときには、大きな声で笑ったりして……。

私はハラハラしたが、どうしても文句を言えず、我慢したまま治療を受けた。削っているドリルがそばの歯肉を突くのではないかと思うと、余計に痛みを感じた。

麻酔は、帰宅した夜の午前零時頃までずっと効いていた。

■口に入らない手

グアテマラでかかった歯科医はスイス人で、この地へ移住し働いておられた。

身長一メートル九十センチ以上もありそうな、太い腕をした体の大きな医師である。

とにかく手が大きくて、私の口に全部が入り切らない。その医師にブリッジをしてもらった。

ブリッジをするために片方の歯を削るのに時間がかかった。

口の中全体に響くような感じで、ものすごく削っている。我慢をするしかない。こちらでは途中で口をゆすぐ習慣がないので、口ゆすぎもできず最後まで我慢しなくてはならなかった。

三回ぐらい通って、やっとブリッジが完成した。ここも麻酔が強くて、麻酔が覚めるまで数時間もかかったのを覚えている。

その他アルゼンチン、メキシコでも、虫歯になったり、ブリッジをし直したり、歯医者に通うことが多くて苦労した。歯の治療はどうも苦手であるので、治療中は必要以上に痛みと恐れを感じてしまう私であった。

■目に注射針が！

ＪＩＣＡのシニア・ボランティアでメキシコに住んでいた頃のお話。

その年も押し詰まった十二月二十九日のこと、食事をとるためテーブルに着きコーヒーカップに目をやると、カップの縁が欠けているのである。

妻に「縁が欠けているよ」と言うと、妻はびっくりしてカップを見た。

「どうしたの？　欠けてないよ」

私は驚いてガラス窓の桟に目を移すと、直線が曲がって見えるではないか。

早速ネットで、直線が曲がって見える病気を検索すると、「加齢性黄斑変性症」だった。

年末で、すでに眼科医は閉まっているので、年明けに行こうと思った。私のメキシコでの活動の任期は、翌年の三月までだったので、それまでは働かなくてはいけない。

年が明けて一月四日、ネットで調べてメキシコの有名な眼科医を受診した。

診断の結果は、やはり加齢性黄斑変性症であった。治療方法は一つで、薬剤を注射で直接目の中に入れるのである。

私はネットでその薬剤名を調べて、数日後に医者と話した。注射の薬剤や効果などを尋ねたところ検索したのと一緒だったので、数日後の注射治療を承知した。

注射を受ける当日は覚悟していたが、やはり朝から緊張した。そして自分に言い聞かせるように、

「たとえ一方の目がダメになっても、もう一方で見られる」と覚悟を決めた。

病室に入る前に服を脱ぎ、手術用の白い大きな服に着替えた。靴も脱ぎ、白い大きな長靴を履かされ、手術台にのせられた。上から大きな照明が当てられる。

医者は注射の前に、麻酔の目薬を三滴、目に垂らした。

そしていよいよ目に注射。うーん、注射針が目に入っているのがよく見えるのである。痛くはないが、目に黒い溶液が広まっていくのも見える。何とも不思議な気分である。

注射はものの五分程度で終わった。二十分ばかりベッドで休んで、タクシーで帰宅した。その夜は痛みはなかったけれども、眼球は出血して真っ赤になっていた。

勤務先のＪＩＣＡに報告、その結果、すぐ帰国命令が出された。私はすぐに荷物をまとめて、帰国の途に就いた。

日本では二か月に一回、病院で注射を繰り返し、一年半後に治ったのである。

私の趣味

日本でサラリーマン生活に入った。相変わらず仕事が終わると皆で飲み会に行く機会が多かった。時々は付き合ったが、飲んでいる途中でも、必ず妻には「今日は遅くなる」と連絡していた。しかし、同僚は連絡などしない。

どうも、私は同僚の間で妻の尻に敷かれているという噂が流れていたようだ。

そこで、飲み会に誘われないために習い事を始めたのである。

■毎日泳ぐ

私が一番苦手としていた水泳に目をつけた。小さい頃から平泳ぎはできたが、クロールは苦手だった。水の中に顔をつけるのが嫌だったのだ。

だから自分に嫌いなことに挑戦してみようと思った。近所に市営のスイミングスクールがあった。週二回、五時半スタート、これに入会した。

クロールに関しては、初心者向けコースに入った。最初はビート板を持って、二十五メートル、足をつかずに泳ぐレッスンだ。これができると、息継ぎの練習。これを繰り返し、三か月後には二十五メートル、半年後には一〇〇メートルを、プールの底に足をつかずに泳げるようになった。しかし、平泳ぎは子供の頃からの悪い癖、つまり足がカエル足にならないので、途中で断念したのだ。

物事を習うには、全くゼロからスタートするのがよい。最初に変な癖がついていない方が、早くマスターするのに適していると思った。水泳は現在でも続けている。

私は大枚をはたいて、ホテルのスイミングクラブに入会した。

朝六時から夜十一時までオープンしているので、会社が引けてからよく通った。会社で起こった嫌なことは、ひと泳ぎすることで帰宅後も引きずらず、家庭で不機嫌にならずに済んだ。

このスイミングクラブに通いだしてから四十年近くになるが、日曜日を除いて毎日通っている。多少風邪気味でも熱がなければ、プールに入っている。膝や腰も少し痛いけれど、泳ぐと良くなっていることに気がつく。おかげで現在でも、人間ドックの診断では異常なしだ。

泳ぐと血流が良くなり、免疫力も高まると本にも書かれているが、一番良いのは泳いだ後、気分が爽快になり、気持ちもポジティブになっていることだ。

世の中に全く孤独になれる場所が二つあると言われている。それは、ベッド、トイレの中であるが、水の中も孤独を保ち、幸せを感じることができるのだ。

■太極拳との出合い

気功と太極拳も行っている。太極拳は、中国から伝承された武術で、その神秘的な運動は、心身まで強くするように思われた。

この運動を構成するのは、「意」の運動、「気」の運動、「形」、つまり内臓の運動である。武術的な見解としては、動きが丸く、らせん状であり、外からの攻撃に対して正面衝突を避け、巻き込んでいくのだそうだ。

呼吸と体重移動が基本で、吸った息の一〜一・五倍の時間をかけて吐くのが大事だ。

さらに、太極拳は片足立ちになることがあり、主に足の筋肉やバランス能力、そして全身の持久力を養うのに効果的である。

形は二十四式ある。私は週二回通った。しかし、どの動きも日常使う動作ではなく困難を極めた。ダンスを覚えたのと同じく、夜出かけて公園で一人レッスンした。半年で形は覚えたが、太極拳の神髄である「意」の運動、「気」の運動、「形」の運動を意識する境地には今も達していない。

太極拳のいいところは、いつでもどこでもできることだ。

もちろん今でも続けているが、先生からは、「ゆっくり、円く、美しく、終わった後、心地よさを味わうことが大事」とのアドバイス。

最近習っている人の平均年齢は七十歳だ。私は優に超えているが、皆と一緒に行っている。

■ボイストレーニング

私のもう一つの趣味は、音楽、歌を歌うことと聴くことである。デスクで仕事をしているときやソファでぼやっとしているとき、音楽が流れているとリラックスできるのだ。眠れないときも、音楽を聴きながら楽しむこともできる。

もともとダンスが好きなので、それにつれて音楽が好きになったと思う。

コロナ感染が始まる前は、一人カラオケで歌っていた。Ｊ社のリモコンは洋楽の曲が多いので、これで歌って採点もしたりしていた。

いったんやりだしたら凝る方なので、九十点以上取れないと不満だった。

そこで、業界で有名な「Ｓボイストレーニング社」に週二回通ってレッスンを受けることにした。

最初は滑舌が良くないということで、母音を中心に口の開け方の練習や早口言葉などのレッスンをした。

次にはピアノに合わせてドレミを練習し、だんだん上手くなったので、インターネットで探してアメリカの楽譜販売会社を見つけた。この会社は、世界の有名な歌手の楽譜を持っている。

早速、自分の歌いたい曲をダウンロードし、先生に見せると、その曲をピアノで弾いてくれて、私は歌った。カラオケで練習しながら、先生のピアノに合わせて歌う。これをもう三年以上続けている。今は、コロナ禍でカラオケは中断しているが、ざっと見ても歌える曲の楽譜は、三十冊はある。

私はミュージカル映画の主題曲が好きで、一番得意なのは『Cats』の「メモリー」、『West Side Story』の「Tonight」「Someday」、『Evita』の「Don't cry for me Argentina」、『ラ・マンチャの男』の「見果てぬ夢」である。

特に好きな歌手は、カーペンターズ、ＡＢＢＡ、セリーヌ・ディオン、ダイアナ・ロス。日本の好きな曲は、「ハナミズキ」「恋人よ」「時の流れに身をまかせ」などなど。男性では、布施明の歌をよく歌っている。今はカラオケは行けないから、ピアノの先生が弾いてくれる曲を週一回通って楽しんでいる。

ラテンの歌手で日本にも一九五九〜六一年によく来日した、トリオ・ロス・パンチョスの「ベサメ・ムーチョ」「キサス・キサス」「ある恋の物語」などは楽譜なしで、しかも先生もピアノが楽譜なしで弾けるので、楽しく歌っている。

コロナ禍が収まれば、また一人カラオケに通うつもりである。

おわりに

自分史を書き終えて、時々自分自身を外から観察できるようになり、動作がゆっくりになってきた。

戦後の飢えを少し覚えている我々〝青春時代〟の若者は、何かで目立ちたいという思いを持つ人が多かった。私もその一人である。

私は、好きで手っ取り早いスペイン語の熟練と、ダンスで女性リードがうまくなることに熱中した。そして最後には、アルゼンチンに住むという決心をしたのであった。

しかし、状況の変化があり、三十五歳でやむなく日本でのサラリーマン生活を再スタートさせた。

海外での生活は、私の性格を一変させ、本当の幸せとは何かが分かり、定年後も悔いのない楽しい生活を送り続けている。

二〇二三年一月

著　者

参考文献

『航跡　移住31年目の乗船名簿』相田洋　二〇〇三年　日本放送出版協会

著者プロフィール

真下　益（ましも　すすむ）

1941年、高知県生まれ。

大学でスペイン語習得。スペイン語検定試験上級。

飲み会、麻雀不参加で日本のサラリーマン失格。

ダンスホール日参、女性リード習得。

1967年、27歳でアルゼンチンへ、現地会社へ就職。

日本の医薬品販売、アルゼンチン産ポニーの輸出。

定年後、JICA（国際協力事業団）にて中米4か国（メキシコ、アルゼンチン、ニカラグア、グアテマラ）へ派遣。

感銘を受けた本：『ジャン・クリストフ』

感銘を受けた映画：「太陽がいっぱい」「グラディエーター」

趣味：ダンス、水泳、気功と太極拳、カラオケ、世界の観葉植物収集。

好きな人：声が綺麗で楽天的な人。

本文イラスト

Sagar Jhiroh（さがー・じろー）

イラスト協力会社／株式会社ラポール イラスト事業部

好きに生きる

2023年10月1日　初版第1刷発行

著　者　真下 益
発行者　瓜谷 綱延
発行所　株式会社文芸社
〒160-0022　東京都新宿区新宿1－10－1
電話　03-5369-3060（代表）
03-5369-2299（販売）

印刷所　図書印刷株式会社

ISBN978-4-286-24360-3